Los Árboles Yumi

Juan Mateo desea irse al espacio.
El capitán de la nave estelar no le gusta los murciélagos.
¿Se quedaría atrás Bulmer el murciélago de Juan Mateo?
¿O será que el murciélago vendría a bordo furtivamente?

ARTIBEUS

ANTHONY BARTON

Los Árboles Yumi

CON LAS DECORACIONES DEL AUTOR

Prensa Bulmer

Los Árboles Yumi

La Edición de la Prensa Bulmer
Derechos de autor ©2012 Anthony Barton
Biblioteca y Archivos de Canadá, la Catalogación en
Publicación Barton, Anthony, 1942-
Los árboles Yumi / Anthony Barton;
con las decoraciones del autor.
Translation of: The Yumi trees.
ISBN 978-0-9878454-6-7
I. Title.
PS8553.A7776Y9518 2012 jC813'.6 C2012-903741-9
La tapa y los dibujos por Anthony Barton. Todos los
derechos reservados. La traducción del inglés al español
por Monica A. Barry. Todos los derechos reservados.

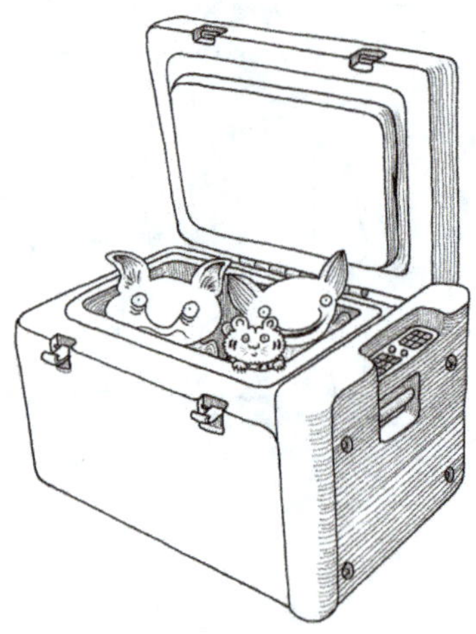

A LOS NIÑOS Y NIÑAS
QUIENES LEEN LAS AVENTURAS
DEL JINETE MURCIÉLAGO

Este libro es para usted.
Espero que os guste.

Contenido

PAGINA

I. Un regalo de cumpleaños para Bulmer   11

II. Cómo Juan Mateo se fue al espacio   15

III. Señorita Flor Bonita y el leopardo   55

IV. Salvando los árboles Yumi   90

V. El encantado bosque   127

VI. La torta de cumpleaños de Bulmer   165

CAPÍTULO I

Un regalo de cumpleaños para Bulmer

A LOS MURCIÉLAGOS les resulta difícil abrir los regalos. Ellos tienen un solo pulgar como garra en cada ala, y eso lo hace torpes. — Esto es para ti, Bulmer, digo levantando el paquete de colores brillantes. — La etiqueta dice — ¡Feliz Cumpleaños, Bulmer! Con amor de Juan Mateo. — ¿Sacaré el papel?

— Si, por favor — dice Bulmer, ansioso para ver su regalo.

— Aquí va — yo digo y tiro la envoltura para revelar un objecto de metal con rayas de color amarillo y negro.

— Es una cosita elastiquita — dice Bulmer.

— Se llama un palo saltador — yo digo — Ponga

sus pies sobre los pedales y luego saltar hacia arriba y hacia abajo.

— ¡Whoee! — dice Bulmer, rebotando en la cueva de los muricelagos en su bastón saltador — ¡Mírar a mí todo el mundo! Juan Mateo me dio una cosita elastiquita.

Los otros murcielagos charlan en voz alta entre ellos. Todos quieren probar el palo saltador. Bulmer dice que pueden turnarse. Después que todos ellos habrían tenido un rebote o dos en el palo saltador, un murciélago de piel terciopelado con el nombre Rosado pregunta — ¿Por qué Juan Mateo dio a Bulmer un palo saltador?

— Es una larga historia — respondo.

— Dinos — dice Suki.

— Se jugaron sus partes — le digo a los murciélagos, apiñando a mi alrededor — ¿No te recuerdas?

— Lo hacemos y no lo hacemos — dijo Bulmer.

— Antes de empezar — le digo — usted debe saber que Juan Mateo crece más grande cada día. Esto le preocupa. Teme que algún día puede llegar a ser demasiado grande para montar en la parte posterior de Bulmer. Él está acariñado con Bulmer y no quiere ser un jinete murciélago sin un murciélago.

Bulmer pone abajo su palo saltador y me mira, con los ojos muy abiertos.

Tomo un respiro profundo — Esta es la historia de los árboles Yumi. Comienza el día Juan Mateo se conoció por primera vez al capitán del Artibeus. ¿Quieres saber lo que paso?

— Si, por favor — dice los murciélagos.

LOS ÁRBOLES YUMI

CAPÍTULO II

Cómo Juan Mateo se fue al espacio

ADDISON CARTER, el capitán del Artibeus, se tendió su copa por más vino de diente de león del Señor Semillas — ¡Murciélagos! — dijo, y apuntó su patada a Bulmer. Bulmer saltó del camino con apuro, aleteando sus alas para mantener el equilibrio.

— ¡No trates a Bulmer como aquello! — dijo Juan Mateo, saltando a su pies.

Addison Carter entrecerró sus ojos.

— Si quieres unirte a mi barco, muchacho, dejaras esa mascota plagada de pulgas por detrás.

— Bulmer no tiene pulgas — dijo Juan Mateo — Por lo menos no creo que tiene, y no es una mascota.'

Él habrá dicho más, pero el Señor Semillas puso su mano en su brazo.

— Lo siento que has perdido a Brumosa, Addison Carter — dijo el Señor Semillas.

— No he perdido a Brumosa. Ella salió volando y me abandonó, esa murciélago estúpida no Buena — dijo el capitán, bajando su vino. — En los murciélagos no se pueden confiar.'

— ¿Tienes algunos murciélagos a bordo?' — pregunto Juan Mateo.

— Tengo un murciélago en mi nave. Su nombre es Cristal. Él es mi navegador. No puedo manejarme en los saltos al hiperespacio sin él — dijo Addison Carter — pero le mantengo encadenado en la cubierta del túnel del viento de navegación, y no le dejo volar.

— Eso es horrible — dijo Juan Mateo.

— ¿Cristal hace saltos?' pregunto Bulmer, desconcertado.

— Y no le dejo hablar, a menos se les habla — dijo el capitán, poniendo el vaso vacío abajo con un golpe y poniéndose de pie — Bueno, muchacho, ¿vienes a bordo? Oigo las abrazaderas del muelle conectando al acoplamiento.

— Supongo que yo estoy — dijo Juan Mateo — Adiós, Bulmer.

Él dio a su murciélago un abrazo feroz.

— Hasta la vista — dijo Bulmer — Yo te voy a extrañar, Juan Mateo.

— Gracias por venir a despedirme — dijo Juan Mateo.

Las puertas de la esclusa de aire silbó abierto.

— Disfrutes su tiempo en el espacio — dijo el Señor Semillas — Mantengas alejado de la cubierta del dinosaurio.

La madre de Juan Mateo corrió un peine por su pelo — He puesto una barra de chocolate en el bolsillo.

Su padre le dio la mano — Lo mejor de la suerte con tu turno de servicio, Juan Mateo.

— Gracias, papá. Gracias, mama — Por el rabillo de su ojo Juan Mateo podía ver a sus amigos diciendo adiós a sus padres. Giró sobre sus talones y caminó por la rampa al nave estelar. Sus amigos le siguieron. Ni él ni ninguno de sus compañeros jinetes murciélagos volvieron a mirar a sus murciélagos que dejaban atrás. No lo podían soportar. Ellos estaban acostumbrados a tener a sus murciélagos con ellos dondequiera que fueran.

Los murciélagos observaron a sus jinetes salir y hablaron en voz baja entre sí.

— Me gustaría poder irme en la astronave con Juan Mateo — dijo Bulmer.

— Yo también — dijo Ahumado — Ojalá pudiera irme con Joshua Ryan.

Hula asintió con la cabeza. Ella iba a echar de menos a su propio jinete, Annabella Sue. ¿Pero que podían hacer? Los jinetes tuvieron que unirse a la nave y el capitán de la nave no permitía que los murciélagos fuera con ellos.

— Si hubiéramos abordado el buque, nos meteríamos en problemas — dijo Vesper el murciélago de Emilia Charlotta.

— No me importaría si lo hiciéramos — dijo Hula — Me gusta problemas.

— Vamos a jugar a la mancha — dijo Kiti, el joven cachorra de tigre que le gustaba jugar con los murciélagos. Saltó por encima de una caja de cartón vacía — Yo lo soy.

Ahumado trató de agazapar a Kiti y se perdió.

Ahumado y Kiti se cayeron dentro de la caja.

— Purp — se dijo Kiti. Este fue un buen partido. Ella podía moverse mas rápido que los murciélagos, cuyas piernas fueron unidos a sus alas. Se arrastró hasta la pared interior de la caja, con sus garras diminutas para agarrar el cartón.

Vesper y Hula extendieron sus alas y volaron hasta el borde de la caja para marcar a ella.

— ¡Purp! ¡Purp! — se dijo Kiti, soltando una pata para batearse a ellos.

— No te preocupes, Kiti, te voy a salvar — dijo Bulmer, que no sabía jugar a la mancha — Aquí vengo.

La súbita llegada de Bulmer le golpeó a Vesper y Hula adentro de la caja. Kiti se perdió su agarre y se cayó tambien. Bulmer aterrizó en la parte superior de ella.

— Eh. Lo siento — dijo Bulmer — Creo que no debería haber hecho eso.

Los cuatro murciélagos y la cachorra de tigre yacían en un montón dentro de la caja.

— Mmmph humph — dijo Ahumado, que se encontraba en la parte inferior de la caja y le costaba hablar.

La caja era un contenedor moderna programada. La caja podía entender y hablar ciento diecisiete idiomas. La caja sabía que en el lenguaje de los dedos morados de los Perezosos de Epsilon de Erandi — Mmmph humph — significaba — Está caja está llena ahora y debe ir a bordo del buque.

— Goomph whoof phumph Artibeus — la caja contestó en la misma idioma. Esto significaba — He activado mi unidad de lucha contra la gravedad y estoy flotando a través de la esclusa de aire del Artibeus.

Así fue como Kiti la cachorra de tigre y los cuatro murciélagos se unieron en la nave sin que nadie se entere. Ni los funcionarios ni los hombres de la Artibeus se vieron algo inusual en una caja flotando en el barco.

Hubo un porrazo cuando las abrazaderas del acoplamiento soltaron. Juan Mateo y sus amigos presionaron con la nariz en la ventanilla transparente y vieron la nave flotar en la oscuridad del espacio, transportando al Señor Semillas y sus padres de vuelta al planeta de los árboles Yumi de milla de altura.

— Espero que llegan a casa con seguridad — dijo Emilia Charlotta.

El primer oficial corrió hacia el capitán, llamó la atención, y saludó — ¡Señor! Acabamos de recibir una señal de urgencia pidiendo nuestra ayuda. La señal se originó en la sistema del Sol Níger.

— ¿El sol negro? — dijo Addison Carter — Ahí es a donde he perdido a mi Brumosa. Poner en marcha el túnel del viento. ¡Cristal, encaminar un curso!

— ¡No más hiperespacio! ¡No lo puedo soportar más! Me está volviendo loco — dijo Cristal el murciélago navegador, sacudiendo su cadena — Por favor capitán. No me lo hagas.'

— ¡Deja de quejarse, murciélago bueno-para-nada! — dijo Addison Carter — ¡Velocidad de deformación!

La Artibeus saltó a las estrellas.

La Artibeus abandonó la deformación en la sistema del Sol Níger. Cientos de planetas zumbaron alrededor de una estrella oscura que giraba tan rápido que mareaba a Juan Mateo mirandolo. Ciento de miles de asteroides se estrellaron en las pantallas de fuerza de la nave, explotando como fuegos artificiales. Juan Mateo, que se había dado a la tarea de regar sus árboles Yumi en el puente del buque, se encontró que el buque temblaba tanto que no podía sostener su regadera firmemente. Por error, el regó los pies del capitán.

— ¡Tonto! — dijo Addison Carter, empujando a Juan Mateo a un lado cuando el se dirigió hacia el túnel del viento de la navegación — ¿Que has hecho esta vez Cristal?

— Es la cadena, señor — dijo Cristal — Tengo que estar libre para volar, así puedo ver hacia dónde vamos en el hiperespacio. No puedo funcionar correctamente encadenado a la cubierta.'

— No se intenta eso conmigo, excusa miserable para un murciélago — dijo Addison Carter — Si te liberó de la cadena, usted volará igual que hizo mi Brumosa. No voy a correr el riesgo.

Los oídos de Cristal aguzó — Capitan algo se aproxima — dijo.

— ¿Qué quieres decir?

Cristal cerró los ojos y escuchó los ecos en el hiperespacio — Algo realmente grande se precipita hacia nosotros.

— Estaciones de colisión! ¡Más poder a las pantallas de fuerza! — dijo Addison Carter.

— Capitán demasiado tarde — dijo Cristal.

Algo golpeó al Artibeus con un gran golpe.

— ¡Emergencia! — dijo la computadora de la nave — Brecha del casco en la Cubierta del Dinosaurio.

Un misterioso personaje encapuchado y envuelto apareció en el puente, agarrando una piedra brillante en sus garras.

— ¿Quién diablos es usted? — dijo Addison Carter — ¿Qué estás haciendo en mi nave?

— Somos los Mormoops — dijo la figura encapuchada — Hemos venido para usted, capitán.

Juan Mateo echó la regadera en la figura encapuchada. La regadera golpeó la piedra que brillaba intensamente del intruso. La piedra golpeó la cubierta con un destello de luz púrpura, y rodó hacia los pies de Juan Mateo. Él los recogió. La piedra era suave y candente con el poder. Cabellos alzaron en la espalda en la nuca de Juan Mateo.

— ¡Devolverme la piedra! — dijo la figura encapuchada.

— Ven por ella, Mormoops — dijo Juan Mateo, y se apretó un botón en el apoya brazo de la silla del capitán.

Las puertas de la trampa para el Tubo de la Gravedad de Emergencia siseó abierta, y Juan Mateo, sus amigos y el capitán se lanzaron en el tubo.

— ¡No puedes escapar de mí! — dijo la figura encapuchada, y se lanzó tras ellos.

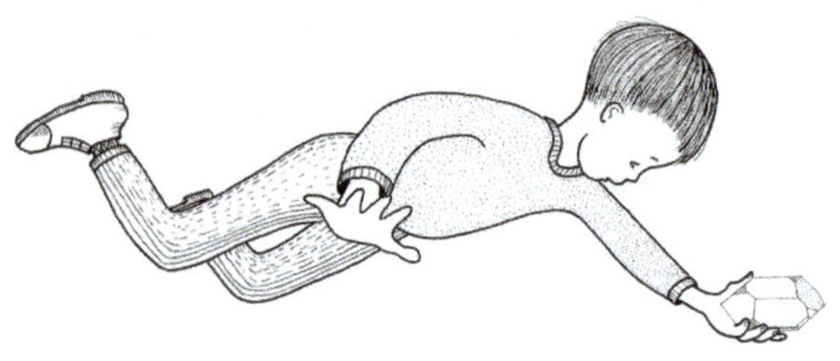

Juan Mateo, sus amigos y su capitán extendieron sus brazos y piernas a medida que se desplomaron por la trompa de la gravedad. Se sumergieron en las cubiertas inferiors de la Artibeus. Los signos blancos pintados brillaron más allá de ellos: CUARTELES DE LA TRIPULACIÓN, ENTREPUENTE, y MUELLES DE CARGA. Ellos pasaron volando INGENIERÍA ELÉCTRICA. Hombres en overoles se levantaron la vista de su trabajo a verlos pasar.

El viento agitó el cabello de Juan Mateo. Él miró sobre su hombro y vio la figura encapuchada precipitando después de ellos, la cabeza inclinada hacia delante y hacia abajo como un ave de presa. La figura parecía tener dos piernas largas y delgadas.

— ¡Quiero la piedra de nuevo! — gritó la figura encapuchada.

Una señal leyó CUBIERTA DE DINOSAURIO.

Juan Mateo gritó — ¡Salida!

— Cubierta setenta y dos — dijo la computadora — Historia Natural. Finales del Cretáceo. Orden Dinosauria.

Juan Mateo aterrizó en la pista de un dinosaurio herbívoro llamado Bronto.

El, sus amigos, y el capitán corrieron tan rápido como podían atrás de las largas baches de Bronto.

Ellos subieron en el cuello largo de Bronto. Sin aliento, se dirigieron a la pequeña cabeza de Bronto.

Pronto Juan Mateo podía oír las mandíbulas de los dinosaurios herbívoros masticando las hojas de un árbol Yumi.

— ¡Te he capturado! — dijo la figura encapuchada con las piernas largas y larguiruchos, descendiendo por el tubo de la gravedad, las alas extendidas a lo ancho.

— ¡Eso es lo que piensas! — dijo Juan Mateo —
¡Mire sobre su hombro!

Un dinosaurio carnívoro estalló del bosque. Era tan
alto como una casa, con una cara descomunal, y una
gran boca abierta. El monstruo dio un rugido poderoso
y sacudió los árboles, y se lanzó hacia la figura
encapuchada.

La figura encapuchada se desvió para escapar del
dinosaurio carnívoro, rebotando de un tronco de árbol,
y rodando por entre los arbustos.

Juan Mateo salió corriendo a través de la extensión
amplia y plana de la cabeza del dinosaurio herbívoro.
Sus amigos y el capitán le siguieron.

Bronto no le prestó atención. No era un dinosaurio brillante. Tenía un cerebro muy pequeño en la cabeza y otro cerebro muy pequeño cerca de su cola. Ambos cerebros estaban pensando que agradable era el sabor de las hojas. Hace un momento, los ojos de Bronto habían sido sorprendidos en ver un dinosaurio carnívoro saltar fuera del bosque, y había enviado un mensaje urgente de esto al cerebro cerca de la cola. El mensaje urgente decía — Un dinosaurio carnívoro había saltado fuera del bosque! — Por desgracia, este mensaje de urgencia tuvo que viajar por todo el camino desde un extremo de Bronto al otro. El mensaje no había llegado, por lo que Bronto no tenía idea que estaba en peligro, y siguió feliz masticando las hojas.

Juan Mateo deslizó la piedra que brillaba intensamente en el bolsillo, alcanzó por encima de su cabeza con ambos manos y abrió un panel en el techo de la cabina. Él se arrastró hasta unos de los conductos de aire de la nave y luego se agachó para ayudar a sus amigos y a su capitán reunirse con él allá.

El dinosaurio carnívoro los vio. Tenia hambre. Se tronó hacia ellos, rompiendo a un lado los árboles.

Addison Carter fue apenas en el interior del conducto cuando el dinosaurio carnivoro destrozó el panel y metió la mano en el conducto con sus patas delanteras, escarbando y tratando de agarrar a los jinetes murciélagos. Afortunadamente, el dinosaurio tenía solo dos garras en cada mano.

— ¡Corren! — dijo Juan Mateo — ¡Mantengan sus cabezas hacia abajo!

Juan Mateo, sus amigos y el capitán corrió tan

rápido como pudieron a lo largo del conducto del aire.

Juan Mateo miró hacia atrás para ver si estaban siendo seguidos, pero estaba demasiado oscuro para estar seguro. El dinosaurio carnívoro volvió a rugir, y Juan Mateo sintió el conducto de aire temblar. ¡El dinosaurio carnivoro venía tras ellos!

— ¿Usted tiene un plan para volver a tomar el barco? — preguntó Annabella Sue mientras corrían.

— Tengo un pensamiento de uno arriba — dijo Juan Mateo — ¿Que es ese olor?'

— Manteca de Maní Ruedas de Plátano — dijo Annabella Sue.

— ¡La galera del barco! ¡Rapido! Ayudarme con ese panel. Los olores distraerá al dinosaurio.

Juan Mateo deslizó un panel a un lado y saltó primeramente con los pies a la galera. La galera era el lugar donde las comidas eran preparadas para los oficiales y la tripulación del Artibeus. Era una gran cocina llena de postres temblorosas y aromas maravillosas.

Juan Mateo y Annabella Sue aterrizaron en un Pastel de Almendras espolvoreadas con azúcar.

Emilia Charlotta y Joshua Ryan aterrizaron en un Bombazo de Chocolate Vudú.

El capitán Addison Carter aterrizó en una Tarta de Esmoquin con Trufas.

El chef era un hombre panzón usando un sombreo blanco de jefe de cocina — ¿Que haz usted hecho? Usted he arruinado mi Tarta de Santiago — él dijo, corriendo a Annabella Sue y agitando una cuchara de madera.

— ¡Papá! — dijo Annabella Sue — ¡Pare! Soy yo!'

— ¡Mi pequeña magdalena! — dijo el chef Wandor, tirando la cuchara y dando a su hija un abrazo pegajoso — ¡Mi Annabella Sue! Estamos juntos otra vez. Has caído en la galera para ver a tu papás!

— Estamos en problemas — dijo Annabella Sue — Papá, ¿qué estás haciendo aquí a bordo de la Artibeus?

— Tú mamá está manejando el restaurant. Yo estoy aquí para ver que no pasa nada con la pequeña niña de papá en el espacio. ¿Cómo va las cosas contigo? ¿Qué tipo de problema estas en hoy en día?

— Oh, el tipo normal — Annabella Sue respondió — La nave ha sido adquirida por una extraña figura con una capa y estoy siendo perseguida por un dinosaurio carnivoro.

— ¡No te preocupes, mi pequeña tarta de fresa valiente! — dijo el chef.

30

— Si ese dinosaurio pone su nariz en mi galera, entonces le convertiría en un plato hecho para reyes.

— Guarde un poco para mí — dijo Annabella Sue, lamiendo el azúcar de almendras de los dedos — Escuchar. Tengo que correr. Ahora mismo realmente estamos ocupados. ¡Lo sentimos pero no podemos permanecer! ¡Nos vemos! ¡Chau!

— ¡Listo! — dijo el padre, y se despidió de su hija que salió corriendo de la galera con sus amigos y el capitán de la nave.

Momentos más tarde, el dinosaurio carnívoro vino a través del techo de la cabina y aterrizó en la mitad de la galera, enviando la batería de cocina volando del chef Wandor.

— ¿DONDE ESTÁ MI PRESA? — bramo la bestia que babeaba, con una voz de trueno.

— Su presa está aquí dentro — dijo el chef Wandor, y se abrió la puerta de su horno más grande.

— ¡RRR! — rugió el dinosaurio carnívoro, y se lanzó dentro del horno. El dinosaurio golpeó la pared del fondo del horno y se sorprendió a sí mismo.

El chef Wandor se cerró la puerta del horno. Una mirada de ensueño llego a sus ojos. Le beso los dedos.
— Vol-au-vent Tiranosaurios — se dijo a sí mismo — en una salsa Royale. Voy a ser famoso. Wandor el Maravilloso, me van a llamar. Voy a ser el mejor chef del universo, y todo gracias a mi Annabella Sue.

Juan Mateo, sus amigos y el capitán corrieron a lo largo de la galera hasta que llegaron a una masa de metal retorcido en donde un asteroide había estrellado contra la Artibeus, creando un agujero en el costado del buque. Un campo de fuerza de emergencia parpadeó, manteniendo fuera la frialdad del espacio.
— Ese asteroide se ve hueco — dijo Joshua Ryan.
— ¿Hueco? — dijo Juan Mateo.
Se apresuraron al asteroide.
Una pliegue de piel se abrió a su encuentro.

— No creo que esto es un asteroide en absolute — dijo Addison Carter.

— Vamos a ver cómo se ve en el interior — dijo Juan Mateo, y abrió el camino a través del orificio en la piel.

— Es hermoso — dijo Emilia Charlotta, mirando a su alrededor con asombro — Miran esas hermosas venas rojas irradiando desde ese eje central, esos zarcillos de color carmesí, y esa gran campana pulsando con vida.

— Puedo oír algo — dijo Annabella Sue, y se alejo del pasillo acanalado para investigar.

Ella rozó sus dedos en los zarcillos de color rosa que se lineaba en el pasillo. Los zarcillos que le toco se estremeció y se retiro un poco. Eran cosquilloso.

Emilia Charlotta seguía de cerca — El aire sienta caliente y húmeda — ella dijo.

El sonido se hizo más fuerte: Hoomp-diddy, Hoomp-diddy.

— El suelo está inclinando hacia abajo — dijo Annabella Sue, sintiendo su camino adelante en la luz tenue — La pendiente esta cada vez más pronunciada.

— No se deja caer — dijo Juan Mateo — Tenga cuidado.

— Estoy teniendo cuida — dijo Annabella Sue — ¡Uh-oh! Estoy deslizando.

Juan Mateo se lanzó hacia adelante. Se agarró a Annabella Sue por su brazo — No te preocupes — dijo — Te tengo.

— ¿Quién te tiene? — dijo Annabella Sue, ya que ella y Juan Mateo comenzaron a deslizarse juntos por la ladera, agarrándose unos a otros de los brazos.

— ¡Socorro! — dijo Juan Mateo — Annabella Sue y yo nos estamos deslizando por una especie de pozo. ¡Mantengas detrás, Emilia Charlotta! ¡No trates de ayudarnos, Joshua Ryan!

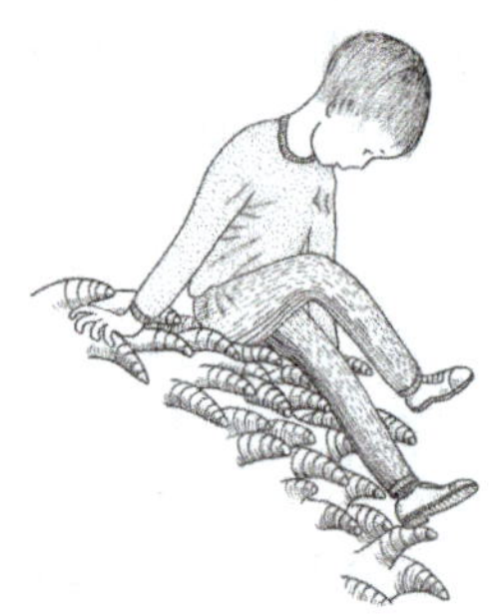

— Si ellos no te ayudan, yo hare — dijo Addison Carter, y él se abrió paso hacia adelante, golpeando a Emilia Charlotta y a Joshua Ryan fuera de equilibrio.

Todos los cuatro jinetes murciélagos y su capitán deslizaron sin poder hacer nada abajo en una fosa.

Abajo, abajo, abajo ellos deslizaron. No podían pararse ellos mismos.

¡HOOMP-DIDDY! ¡HOOMP-DIDDY!

Se deslizaron hasta detenerse en la parte inferior.

El sonido se detuvo.

Todo estaba en silencio.

Juan Mateo fue el primero de nuevo en sus pies — Tenemos que volver a subir arriba y hacia afuera de esto — dijo, e intentó todo lo posible para salir del hoyo, pero se encuentro que no podia — Es una trampa — dijo — Estamos atrapados aquí.

— Me pregunto dónde *aquí* es — dijo Annabella Sue, mirando a su alrededor en la penumbra.

Como si en respuesta a su pregunta, un resplandor de color rojo sombrio lleno la parte inferior de la fosa.

— Estamos atrapados en el interior de un astronave viviente — dijo Annabella Sue, mirando a su alrededor con asombro — Mira hacia allá. Esta debe ser la consola de control utilizados para volar la nave. Tiene dos asientos fijos en la cubierta por delante de él. Esta debe ser una nave diseñado para dos. Pero hay algo divertido sobre los asientos — Se acercó a mirar más de cerca. Silbó — Eso es raro — dijo — Una silla está diseñado para un ser humano para sentarse y la otra silla está diseñado para un murciélago para colgarse boca abajo. Deseo que Brumosa estuviera aquí. A ella le encantaría pasar un rato en una silla como esta.

— Así sería Bulmer — dijo Juan Mateo, acercándose para unirse al capitán. El se pasolas manos sobre la suave tapicería de la silla del murciélago. El cavó en los bolsillos — Toma un poco de mi chocolate — dijo, pasando pedazos alrededor — Me temo que la roca caliente se le ha derretido un poco.

— El sabor es muy bueno — dijo Emilia Charlotta.

— Voy a guardar este último pedazo para Bulmer — se dijo Juan Mateo, y le envolvió el bocado en su papel de plata. Él le metió en su otro bolsillo, el que no tenía la roca caliente en ella.

— Si tan solo tuviéramos nuestros murciélagos con nosotros — dijo Annabella Sue — podríamos saltar en sus espaldas y hacer nuestra escape, pero nos hiciste dejar nuestros murciélagos detrás en el transbordador, capitán.

— Bulmer, Ahumado, Vesper, y Hula nos estarían extrañando — dijo Emilia Charlotta.

— Me pregunto lo que están hacienda — dijo Joshua Ryan.

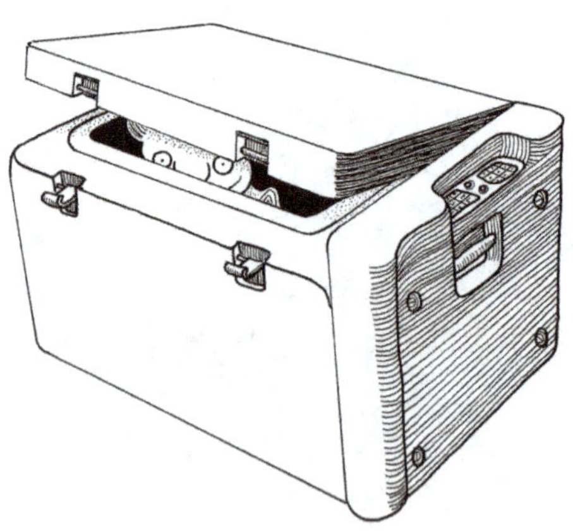

Bulmer levantó la tapa de la caja de cartón y se asomó. Vio una litera, un lavabo, yun espejo — ¿Dónde estamos? — susurró.

— Usted está en la cabina del capitán de la Artibeus — dijo la caja.

— ¡Ssh! — dijo Bulmer — ¡No tan alto! ¡Alguien te puede oir!

Por desgracia para Bulmer, en el lenguaje de las Arañas del Agua de Zeta Draconis — ¡Ssh! ¡No tan alto! ¡Alguien te puede oir! — significa — Esta caja ha llegado a su destino y debe ser vaciado inmediatamente.

La caja era buena en idiomas. Se volcó a sí misma, enviando a los cuatro murciélagos y a la cachorra de tigre cayendo afuera en la cubierta.

— ¡Oo! — dijo Bulmer — ¡Eso me dolió!

— Menos mal que el capitán tenia una alfombra — dijo Hula.

— Se supone que no debemos estar aquí — dijo Vesper — Supongo que todos vamos a sufrir.

— ¡Purp! — dijo Kiti la cachorra de tigre, saltando arriba en la litera. Ella atacó la almohada del capitán.

Ella era demasiada joven para tener dientes, pero solo espera hasta que ella lo tiene! Almohadas huirían de ella, gritando con miedo.

La puerta de la cabina abrió silbando.

— ¡Alguien viene! — dijo Ahumado.

Ahumado, Vesper, Hula y Bulmer se habían zambullido debajo de la litera. Kiti escondió su cabeza debajo de la almohada.

Una figura encapuchada y envuelta entro en la cabina y se tambaleo peligrosamente a mirar en el espejo sobre el lavabo — Escuchar y obedecer a nosotros — dijo la figura encapuchada — ¡Somos el Mormoops!

La figura ajusto su capucha y se acercó al espejo. — Su astronave pertenece a mí — dijo la figura, hablando al espejo — ¡Wo-ho-ho-ho!

Su voz es demasiada chillona — dijo Hula.

— ¿Quien dice que mi voz es demasiada chillona? — dijo la figura encapuchada, alejándose del espejo y mirando por la cabina.

Los murciélagos se mostraron — Soy Hula, y estos son mis amigos Ahumado, Vesper y Bulmer. ¿Quién es usted?

La figura dejo deslizar la capa al suelo y se quitó la capucha. Ella era una murciélaga y ella estaba equilibrada precariamente sobre dos palos largos de madera.

— ¡Purp! — dijo Kiti.

El murciélago extraño no había esperado ver a una cachorra de tigre, y se tambaleó, intentando mantener el equilibrio — ¡Somos el Mor - OOPS!'

El murciélago extraño volcó y aterrizó sobre su cabeza en el alfombra. Sus palos largos resonaron en la cubierta.

— Díganos tu nombre verdadero — dijo Hula.

— Brumosa — dijo el murciélago extraña, sentada y frotando la cabeza — Mi nombre real es Brumosa — Ella cubrió su cara con sus alas — Tengo un mensaje para mi jinete murciélago, Addison Carter, pero un niño me lo quitó. Cuando me persigue al nino para obtener el mensaje de vuelta, me encontré con un Tiranosaurio y caí en los arbustos. Después de eso vine aquí a esta cabina para tratar de trabajar el valor de ir y decirle a Addison Carter quién soy realmente. ¿Crees que se va a enfadar conmigo?

— No, Brumosa, no creo que el capitán se enojará con usted — dijo Ahumado — Creo que se va estar encantado de verte. Lleve nos a Addison Carter ahora mismo y te ayudaremos hacer paz con él. ¿Puedes volar?

— Por supuesto que puedo volar — dijo Brumosa, descubriendo su rostro y dando a sus alas una solapa vigorosa — Soy una murciélaga ¿no?

Dirigido por Brumosa, los cinco murciélagos se abalanzaron por la trompa de la gravedad y en la cubierta de Dinosaurios, en donde se aterrizaron sobre la cabeza de Bronto.

— ¿Qué es esta cosita enorme que nos hemos aterrizado? — preguntó Bulmer.

— Es simplemente un dinosaurio herbívoro — dijo Brumosa — No te preocupes. Es muy estúpido. No te hará daño. Brumosa no sabía acerca del mensaje urgente de que estaba haciendo su camino desde los ojos de Bronto a su celebro inferior. El mensaje llegó. El celebro inferior de Bronto se iluminó.

— Un dinosaurio carnivoro ha sido visto por los ojos — el celebro menor dijo a sí mismo — H'm — El celebro inferior pensó acerca de esta noticia por un tiempo y luego envió un mensaje a las piernas. Este nuevo mensaje dijo — ¡CORRER!

Los cuatro piernas de Bronto se pesaban una tonelada cada uno. Cuando recibieron el mensaje nuevo comenzaron a golpear arriba y abajo como pistones.

— ¡Aferrarse! — dijo Bulmer.

Los cinco murciélagos clavaron sus garras en la cabeza de Bronto. Kiti la cachorra de tigre clavó sus garras en Vesper.

— ¡Ay! — dijo Vesper.

— ¡Purp! — dijo Kiti.

Bronto galapó a través de la selva tropical. Los murciélagos se aferraron a la cabeza de Bronto. Bronto se derribó árboles Yumi. Una banda de loros se elevaron en el aire en un estado de pánico, gritando — ¡Bronto nos vio! ¡Bronto nos vio!

— ¡Que viaje! — dijo Bulmer, colgando por su querida vida.

En la galera del buque, todos los hornos y grandes tazones de mezcla sacudieron y estremecieron con el dinosaurio herbívoro que tronaba sobre su cabeza, pero el chef Wandor era ocupado en rellenar pasteles hinchados con la salsa de tyrannosaurus sabrosa y ni siguiera miró hacia arriba. Se centro exclusivamente en dar los últimos toques a su Plato del Día.

Bronto tronó directamente fuera del bosque y fuera del asteroide. Bronto se tropezó con un pliegue de piel y aterrizó con un golpe en su vientre con las piernas atascadas fuera en cuatro direcciones diferentes. Se dio la vuelta y vuelta y deslizó hasta detenerse. Esto era lo más emocionante cosa que había sucedido a él. Sonrió felizmente.

Como Bronto se detuvo pronto, los cinco murciélagos y Kiti se arrojaron sobre la cabeza del dinosaurio. El pliegue de la piel bostezaba ampliamente. Se les catapultaron dentro del asteroide. Se extendieron sus alas en un apuro, circularon y aterrizaron en la parte inferior de la fosa al lado de las dos sillas y la consola.

Se plegaron sus alas y miraron alrededor de ellos. Vieron a Addison Carter. Vieron a sus jinetes de murciélagos.

— ¡Juan Mateo! — dijo Bulmer.

Juan Mateo se rizó el pelo sobre la cabeza de Bulmer — Bulmer, es bueno verte de nuevo. Tenga un poco de chocolate — dijo y se dio a su murciélago la pieza que había ahorrado.

— Gracias — dijo Bulmer.

— ¿Como llegaste a bordo, Bulmer? — se preguntó Juan Mateo — ¿Y quién es ese extraño murciélago que has traído contigo?

— Su nombre es Brumosa — susurró Bulmer.

— ¡Joshua Ryan! — dijo Ahumado.

— ¡Ahumado! — dijo Joshua Ryan — ¡Has venido a rescatarnos! ¡Gracias!

— De nada — dijo Ahumado.

— ¡Annabella Sue! — dijo Hula.

— Ya era hora de que aparecieras — dijo Annabella Sue.

— ¡Emilia Charlotta! — dijo Vesper — Tú no estas muerta.

— Lo siento decepcionarte, Vesper — dijo Emilia Charlotta, y le dio a su murciélago un gran abrazo.

— ¡Addison Carter! — dijo Brumosa.

— ¿Brumosa? — dijo Addison Carter, sin atreverse a creer lo que veía — ¿Brumosa? ¿Eres tú? ¡Eres una murciélaga infiel! ¡Tu me abandonaste! Me dejaste morir en un asteroide. Tuve la suerte que la Artibeus me encontró a mí antes de que me quede sin oxigeno.

— Yo no te abandone — dijo Brumosa — Este es el mismo asteroide en el que me abandonaste, y este es la misma fosa en la que caí. ¿Por qué no me has encontrado en la fosa? ¿Por qué no me has rescatado?

— He buscado a ti — dijo Addison Carter — He buscado y buscado — Se echo a llorar — ¡Oh, Brumosa! Lo siento tanto.

Brumosa envolvió sus alas a su alrededor — Yo te perdono — ella dijo.

— ¿De dónde brincó este murciélago Brumosa? — dijo Juan Mateo suavemente, rascando su cabeza.

— Ella era la figura encapuchada en el Puente — dijo Ahumado — La que tomaste la piedra. Ella estaba equilibrada en dos trozos largos de madera para hacer su mirada alta e imponente.

Addison Carter apretó a Brumosa con fuerza. — Estamos juntos otra vez. Eso es lo que importa. ¿Pero por qué la capa? ¿Por qué los zancos? ¿Por qué no me dijiste quién eres? ¿Qué es esto todo sobre los Mormoops? ¿Quiénes son los Mormoops?

— Los Mormoops son murciélagos — dijo Brumosa — Ellos tienen su propia planeta. Tenía que vestirme en una capa y luego perseguirte en esta nave viviente para que pueda oír y ver por si mismo el mensaje de los Mormoops.

— ¿Los Mormoops nos han enviado un mensaje? — preguntó Addison Carter. El dejo de abrazar a su murciélago perdido hace largo tiempo, y dio un paso atrás para tener una mejor visión de ella. Fue maravilloso volver a verla. Él estaba muy contento. Pero, ¿qué estaba hablando? — 'Dónde está este mensaje? — continuó — Lo quiero escuchar.

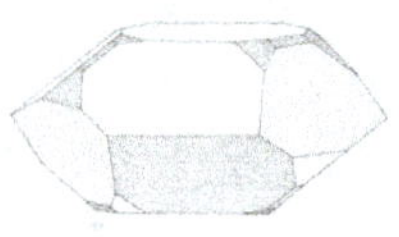

— El mensaje esta en la piedra que Juan Mateo tomó de mí — dijo Brumosa.

— ¿Esto? — dijo Juan Mateo, pescando la piedra que brillaba intensamente de su bolsillo.

— Coloque la piedra en el interior del agujero en la consola — dijo Brumosa.

Juan Mateo miró al capitan por su permiso.

Addison Carter asintió con la cabeza — Vaya por adelante — dijo — Es el momento nos dimos cuenta de lo que se trata todo esto.

Así que Juan Mateo deslizó la piedra en el agujero. La piedra cómodamente se instaló en el interior del agujero. Había un zumbido. La piedra se iluminó y comenzó a transmitir el mensaje de los Mormoops.

Un mundo lejano fue tomando forma.

Juan Mateo se sentía como si estuviera flotando en el aire sobre una cuidad de torres temblorosas encendidos de un sol púrpura. Oyó las campanas repicando y sintió un profundo anhelo de abatirse en la cuidad. Extraños píos y abucheos fueron oídos. Una imagen se formaba, en el aire. Era el rostro del más feo murciélago que Juan Mateo había visto.

El murciélago era negro por todas partes, con los incisivos curvados y las fossa nasales como cañones. El murciélago feo tenía orejas de coliflor. Debajo de la barbilla del murciélago feo se colgaban cortinas de carne con flecos de pelos de aspecto espeluznante.

El imagen del murciélago feo habló — Nosotros somos los Mormoops — dijo en una voz profunda — Ven a nuestra planeta, murciélago miserable. La libertad le espera. Ya no tienes que cargar con el peso de la esclavitud. Ya no se verán obligados a cumplir los ordenes de sus amos humanos. Traigan a su capitán enojado que odia murciélagos con usted. Hemos construido este barco para transportar el par para que usted nos visite. Su viaje comenzará en el momento de quitar la piedra mensajera de la consola.

Juan Mateo levanto la vista — ¿Todos oyeron eso?

Sus amigos asintieron.

— Supongo que soy un capitan enojado que odia murciélagos — dijo Addison Carter. Él suspiró — Toda mi vida he soñado en ser el primero en visitar un mundo extraterrestre. Aquí está mi oportunidad. ¿Como te sientes al respecto, Brumosa? ¿Quieres ir?

— Si — dijo Brumosa — Quiero visitar un mundo gobernado por los murciélagos. Vamos a viajar a ese mundo juntos en este barco viviente que los Mormoops tan amablemente nos enviaron.

— Si usted se va a su mundo — dijo Vesper — supongo entonces que los Mormoops te comerá.

— No quites la piedra de la consola hasta que mis amigos y yo estamos a salvo fuera de aquí — dijo Juan Mateo — ¿Qué digo a los hombres, capitán?

— Diles que tu eres el nuevo capitán de la Artibeus

— dijo Addison Carter, estrechando las manos con Juan Mateo — Felicitaciones, Capitán Juan Mateo. La Artibeus es tuya ahora. Ella es una buena astronave. Sé que vas a verla a su casa.

— Voy a verla a su casa — dijo Juan Mateo, levantando la barbilla y mirando a Addison Carter en el ojo — Buena suerte en su viaje de descubrimiento, Addison Carter. Buena suerte a usted también, Brumosa. Tengan un viaje seguro, los dos — Se volvió hacia sus amigos — ¡Montan a sus murciélagos, jinetes! ¡Kiti, estás conmigo! — Saltó sobre la espalda de Bulmer y bombeó su puño.

Encantados de estar montados en sus murciélagos una vez más, los cuatro jinetes murciélagos despegaron, ejecutando un radio de giro mínimo, y volaron a través de los pliegues de la piel y fuera del buque de los Mormoops. Ellos hicieron un rápido invertido de rodillo de cirugía estética para evitar una manada de velociraptores de caza que vagaban por la cubierta de los dinosaurios, y luego volaron en formación de Echelon hacia arriba en los tubos de la gravedad para el puente de la Artibeus. Allá se desmontaron y se corrieron hacía la ventanilla del transporte a tiempo para ver el buque librarse de los Mormoops. Se vieron a Bronto el dinosaurio herbívoro saltar a la seguridad del bosque. Ellos vieron la salida del buque asteroide al espacio profundo, llevando a Addison Carter y a Brumosa en su viaje histórico.

— Soy su nuevo capitán — dijo Juan Mateo, volviendo hacia el primer official — ¡Informe!

— Los campos de fuerza están fallando — dijo el official — Nuestro único murciélago de navegación, Cristal, ha mordido a traves de su cadena y se esconde en el armario de las escobas en el puente. Se niega a salir. La Artibeus está zambullendo en el sol negro. Eninco segundos seremos todos muertos.

— Bulmer — dijo Juan Mateo — Salte en el túnel de viento y tome el lugar de Cristal. Cerrar tus ojos. Ver si se puede ver el hiperespacio.

Bulmer se hizo lo que le dijeron. Él comenzó a golpear sus alas, volando con su nariz al viento y yendo a ninguna parte. Cerró los ojos y escuchó — Escucho cosas onduladas — dijo.

— Tome las cosas onduladas con tu mente. Darles un torsión.

— ¿Como esto? — dijo Bulmer.

El sol negro desapareció. La Artibeus se estalló en el sistema de las Pléyades, arrastrando nubes de polvo iluminadas por la luz estelar.

— ¡Woo! — dijo Bulmer — ¡Eso fue divertido!' Dio las cosas onduladas un apretón.

La Artibeus fue trasladado al brillante restos de una supernova.

— ¡Qué hermoso! — dijo Emilia Charlotta — Hacer otra cosa, Bulmer.

— ¡Eh! Bueno — dijo Bulmer, y se volvió las cosas onduladas adentro hacia afuera.

La Artibeus saltó directamente fuera de la galaxia. Billions de estrellas derramaron fuera hacia el espacio intergaláctico.

— Re bueno — dijo Joshua Ryan.

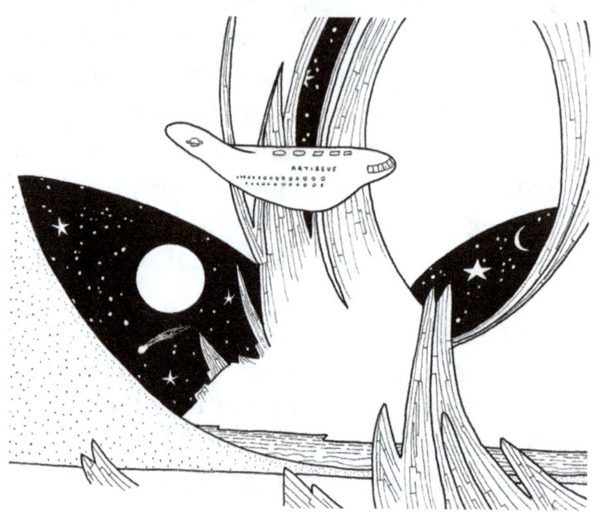

— ¡Todos los diferentes azules y rosas! — dijo Hula — Es como un festival de luces.

— ¿Sabe esté murciélago loco cómo llevar nos a casa? — dijo Annabella Sue, golpeando su pie en la cubierta.

— Pensar de nuestro propio planeta, Bulmer — dijo Juan Mateo — y concentrar.

— ¿Cómo esto? — preguntó Bulmer, que nunca antes había sido un murciélago de navegación.

En rápida sucesión la Artibeus entro y salio de la Nebulosa del Cangrejo, el Cinturón de Orion y la Constelación de Sagitario.

— Penso que voy a estornudar — dijo Bulmer — ¡Ahhh…choo!

A medida que Bulmer se soñaba la nariz, la Artibeus se apareció en órbita sobre una planeta cubierta de árboles Yumi y rodeada por una luna lo suficientemente cerca como para volar hacía ella.

— ¡Estamos en casa! — dijo Juan Mateo — Está bien, Cristal. Podes salir ahora del armario de escobas. Te prometo que nunca seras encadenada a la cubierta de nuevo, no por el tiempo que soy el capitán.

La puerta del armario de escobas se abrió y Cristal salió cojeando — ¡Libre al fin! — dijo, y se desmayó.

— Toma a Cristal a la enfermería — dijo Juan Mateo al primer official — Vea que el tenga una comida adecuada. Se ve medio muerto de hambre.

— Con mucho gusto, señor — dijo el primer oficial, y tomó a Cristal suavemente en sus brazos y se lo llevaron.

El transbordador se reunió con ellos y se trabó. Las puertas de la esclusa de aire silbó abierto.

Bulmer se apagó el túnel del viento y se quitó los auriculares de navegación. Se limpió el sudor de su frente — Ahora me puedo relajar — dijo — y disfrutar algo de paz y tranquilidad. Estoy a salvo. Estoy en casa. Nada puede hacerme daño ahora.

La mamá de Kiti, la gran tigresa Baagh, saltó traves de la esclusa de aire y se golpió a Bulmer en la cubierta con una sola pata — ¿Dónde está ella? — ella rugió.

— Tu-hija-essalv-estescon-caj-qu-habla — dijo Bulmer. Era difícil hablar con la pata de Baagh haciendo presión en su cabeza. Estaba tratando de decirle a Baagh que su hija Kiti estaba a salvo y que estaba escondida dentro la caja que habla.

Ahora en el lenguaje de los Cisnes que Silban del 61 Cygni — Tuhijessalv-estescon-cajquhabla — significa — Ataque el gran animal peludo con las franjas negro y amarillo. La caja voló por el aire y pegó a la tigresa. Ella estaba furiosa. Nunca ninguna caja se había atrevido hacer tal cosa a ella antes. Ella levantó la pata y estaba a punto de devolver el golpe, cuando saliendo de la caja apareció su hija Kiti.

— ¡Sorpresa! — dijo Kiti.

— ¡Mi Oodle-Ums! — dijo Baagh, y se dio a su hija un gran abrazo — Pensé que te había perdido, mi Tinta-Meñique-de-Garabato. ¿Dónde has estado?

— ¡Mamá, mamá! — dijo Kiti — Jugué a La Mancha con los murciélagos y estuvimos en un barco y allí había una persona en una capa que realmente era un murciélago, y cabalgué un dinosaurio.

— Tú me tenías media muerta de preocupación — dijo Baagh.

— A mí, también — dijo Bulmer, luchando para sus pies y sintiéndose por todas partes para asegurarse de que estaba todavía en una sola pieza.

Los padres vinieron a bordo. Hubo saludos cálidos de todos los jinetes murciélagos.

— Espero que no hizo nada para avergonzar a su capitán — dijo la madre de Juan Mateo, preguntándose por qué la cara de su hijo estaba cubierto con barro y fango.

— Juan Mateo *es* el capitán — dijo Bulmer — Él salvó la nave.

— Fue realmente Bulmer quien nos salvo — dijo Juan Mateo — El es el mejor navegador en toda la galaxia. Usted debe haber visto los lugares increíbles que nos llevó.

— ¡Bien hecho, los dos! — dijo el papa — Estoy lleno de orgullo.

— Yo también lo estoy — dijo el señor Semillas, rodando su silla a través de las puertas que silbaba — ¿Confié en que usted tomo mi consejo y se alejó de la Cubierta del Dinosaurio, Juan Mateo?

Juan Mateo no sabía qué decir. El se quedó mirando a sus zapatillas con barro y se sonrojó.

El chef Wandor vino al rescate, sosteniendo un plato al vapor relleno de pasteles.

— Tenga unos de mis vol-au-vents, señor Semillas.

— Muchas gracias — dijo el señor Semillas, y metió el pastel en su boca — ¡Delicioso! — dijo con la boca llena — Debes decirme su receta.

— Yo nunca digo mis secretos a nadie — dijo el chef Wandor, y le guiñó un ojo a Annabella Sue.

CAPÍTULO III

Señorita Flor Bonita y el leopardo

— **H**AY CINCO ELEMENTOS — dijo la maestra, cuya nombre era la señorita Flor Bonita.

— Hay montones de elementos más que eso — dijo Annabella Sue.

— Hay ciento dieciocho elementos — dijo Joshua Ryan, quien era bueno en ciencia.

— Este es una clase de adivinación, maestro Joshua Ryan y señorita Annabella Sue. En la adivinación hay cinco elementos — dijo la señorita Flor Bonita, y apretó los labios.

— Mi murciélago Vesper puede adivinar el future — dijo Emilia Carlota — Ella siempre está prediciendo que las cosas tenebrosos van a suceder.

— Mi murciélago puede doblar el tiempo y el espacio — dijo Juan Mateo, que no quería quedarse afuera — El dice que el futuro es todo ondulado — Miró por encima de los hombros para ver si Bulmer se encontraba en la parte posterior de la aula, en donde los murciélagos les gustaba pasar el rato. — No veo a nuestros murciélagos — dijo y frunció el ceño — ¿En dónde han ido?

— He enviado a todos los murciélagos a la cueva de los murciélagos para una clase especial de navegación — dijo la señorita Flor Bonita — Ahora todos, presta atención. Los nombres de los cinco elementos son Tierra, Fuego, Viento, Agua y Espacio. — Ella dio la espalda a sus alumnos y escribió los cinco elementos en la pizarra. A continuación, se enfrento a la clase para decir a los niños y niñas lo que quería que hicieran — Escriben los cinco elementos en sus cuadernos, por favor. ¿Alguien se olvido de traer un lápiz?

— Me preste la mía a Rosada — dijo un niño en la última fila.

— Debes utilizar mi lápiz, maestro Gabriel Logan — dijo la maestra, y se lo ofreció a él.

— Gracias, señorita Flor Bonita.

Juan Mateo se inclinó sobre su propio cuaderno. Su teléfono tembló en su bolsillo. Puso su mano hacia arriba. — ¿Permiso para salir de la habitación? — preguntó.

— Por supuesto, señor Juan Mateo — dijo la señorita Flor Bonita, dando al niño una mirada que significaba — ¡No tardes!

Juan Mateo saltó a sus pies, abrió la puerta corrediza hecho de papel de arroz, y salió a la veranda. Él deslizó el papel de arroz de vuelta para cerrarla detrás de él. Aspiró el aire fresco y miró hacia abajo en el océano que se extendía hasta el horizonte. La escuela estaba construida sobre la mitad de camino por la ladera de la colina. Era un buen lugar para estudiar en paz. Tenían todo la isla de Kanji para sí mismos. Una bandada de pájaros cantores de los arbustos se levantaron de los árboles, dando voces de alarma.

— ¿Si? — dijo, contestando su teléfono.

— Artibeus aquí, capitán — dijo la voz del primer oficial — los sensores han detectado una ola gigantesca apresurando hacia ustedes. El oficial científico dice que tienen diez minutos antes que la ola se alcanza la isla. Lamento decir que no les podemos ayudar. Todavía estamos atrapados aquí en órbita reparando el daño causado al buque por los Mormoops.

— Muchas gracias, primer official — dijo Juan Mateo. Pulsó el botón murciélago de la alerta roja en su teléfono que directamente se vinculaba con su escuadrón más cercano con los jinetes murciélagos, que era del escuadrón número uno — ¿Akihito Akemi? — dijo — ¿Es usted? Esto es tú capitán de grupo hablando Tenemos una emergencia. Despeguen a todos los jinetes y se vuelan tan rápido como sea posible a la escuela en la isla de Kanji. Su misión es de salvar a los niños de una ola gigante.

— Golpeo la campana del templo para los jinetes murciélagos — dijo Akihito Akemi — Hemos venido a salvarte, Juan Mateo.

Juan Mateo remplazó su teléfono del jinete murciélago en su bolsillo. Deslizó la pared de papel de arroz y entró dentro de su salón de clases. Camino hacia el frente de la clase. — Lo siento ser un estorbo, señorita Flor Bonita — dijo — pero un ola enorme se acerca y tenemos que evacuar la escuela. Los jinetes murciélagos están en camino a rescatarnos.

La señorita Flor Bonita apretó juntas sus palmas y se inclinó a la clase. — ¡Simulacro de incendio! — dijo — ¡Todo el mundo se alinean junto a la puerta!

Durante el ruido de las sillas siendo empujada hacia atrás, Juan Mateo dijo tranquilamente — Señorita Flor Bonita, usted es muy grande para montar en el posterior de la espalda de un murciélago — No seremos capaces de volarte fuera de la isla — ¿Cómo vas a escapar de la ola grande?

— No te preocupes por mi, maestro Juan Mateo — dijo la señorita Flor Bonita, enderezando su kimono, que era rojo — Sólo asegúrese de que usted y todos los otros niños están a salvo. Eso es lo que importa.

Akihito Akemi soñó la campana del templo en el salón de un centenar de murciélagos. Él se apretó el cinturón de obi, y atravesó el estrecho puente de madera arqueada sobre el estanque de loto. Pisándole duro los talones llegaron los otros noventa y nueve jinetes murciélagos del escuadrón número uno. Todos estaban vestidos elegantemente en sus uniformes de Uwangi. Ellos corrieron a la Cámara de Piño y se silbaron para sus murciélagos. El murciélago Suki de Akihito fue el primer de abatirse abajo del techo de la pagoda. Ella hizo una vuelta hacia atrás y agarró el motor vaporizado lanzando el trapecio con los pies.

— ¡Ho! — gritó Akihito Akemi — ¡Tú es el murciélago más rápido en la escuadra, Suki! — Él sobre saltó en la espalda de Suki, tirando la cuerda de seguridad que liberó el vapor de agua, y sintió la ráfaga de aire fresca mientras él y su murciélago fueron capitulados por la ventana abierta y al cielo. Noventa y nueve otros jinetes murciélagos eran capitulados después de el, y el aire se lleno con el vapor.

— Vayan hacia la isla de Kanji — dijo en su teléfono del jinete murciélago — Gran ola se viene. Rescatar a los niños escolares. ¡Volar rápido, volar alto, mis samurais!

— Nosotros te escuchamos, Akihito Akemi — sus noventa y nueve compañeros jinetes murciélagos respondieron al unísono.

Akihito Akemi dio unas palmadas en el cuello de su murciélago y dijo en voz baja — Dale todo que tienes, Suki. Tenemos que estar en Kanji antes que la ola gigante golpea la isla.

— Agarrarte bien por favor, honorable maestro —

dijo Suki. Ella bajó la cabeza y corrió a través de los nubes de una tormenta que se avecinaba, superando a sus alas tan rápido como un pájaro colibrí.

—¡Eep! ¡Eep! — ella gritó, y ladeó las orejas encapuchados al escuchar el sonido de su propia voz rebotando. Ella aún no podía sentir ningún eco de la isla, ni de la ola, pero ella podía sentir los ecos de las noventa y nueve otros murciélagos y sus jinetes que volaban detrás de ella. Ellos estaban en un apretado formación de V. El entero escuadrón número uno estaban en el aire, y ella estaba justo en frente, a la cabeza.

Nosotros apresuramos al rescate, ella pensó. Espero que estaremos a tiempo.

Hyou el leopardo de Kanji, remó a la entrada de su guarida y olfateó el aire. Algo estaba pasando. Los pájaros cantores arbusteros se comportaron de forma extraña. Un gran número de ratones huían de la colina.

El puso una pata en la parte superior de uno de ellos.

— ¿De qué estás huyendo, pequeño ratón? — se gruñó Hyou.

— Grandes cosas húmedos, viene — chilló el ratón.

— Hmm — dijo Hyou, y se levantó su pata.

El ratón correteó arriba en la pendiente.

Hyou apretó la frente. Él era un poderoso leopardo. Se suponía que debía ser capaz de entender las cosas. ¿Un ratón más otro ratón es igual a la cantidad de cuantos ratones? Hyou se sacudió su cabeza. Él no tenia cabeza para números. Las letras le molestaba demasiado. Sabía que eran letras llamadas A, B y C. Había oído que si pones las letras juntas hacían una palabra. Trató de poner A, B y C juntos, pero no pasó nada. Ni una palabra le vino a la mente. Se sentía triste. Era un leopardo poderoso, pero estaba poderosamente ignorante.

Tenía ganas de ir a la escuela. Podía ver la escuela en la ladera por debajo de su guarida. La escuela tenía un techo de tejas rojas que se acurrucaba en las esquinas, y un jardín de los cantos rodados rodeadas de grava rastrillada. Se había intentado acercar a la escuela un vez, pero los niños lo había visto venir y se habían gritado. Ese fue el problema de ser un leopardo. Cuando la gente se ve que vienes, no piensan — Aquí es un leopardo que quiere aprender a leer, escribir y hacer sumas — Ellos piensan — Aquí es un leopardo que nos quiere comer y luego gritan.

Hyou bajó su cuerpo hasta que su vientre estaba tocando el suelo. Su cola movía sin descanso. Miró de entre los tallos de hierba. Observó que los niños salían de la escuela y se encabezaban hacía la colina. Vio a su maestra, la señorita Flor Bonita, caminando con ellos. Su corazón latía más rápido en el pecho. ¡La señorita Flor Bonita y sus alumnos venían a verle!

Él se emocionó. Esto nunca había sucedido antes. Nunca antes había visto que toda la escuela, maestra y niños, venían marchando arriba por la colina. La señorita Flor Bonita debe haber oído hablar de su sed de conocimiento. Ella debe estar corriendo arriba la colina para ayudar hacer realidad su sueño. Pronto ella le enseñaría a cantar — Ahora sé mi ABC — Él estaba muy emocionado.

— No tengo que ir a la escuela después de todo — pensó Hyou — La escuela viene a mí.

Hyou salió de la espesura. Se quedó a la intemperie y dijo su propio nombre en voz alta para que los escolares y la señorita Flor Bonita sabrían dónde encontrarlo — ¡Hyou! — se rugió — ¡Hyou!

A medida que dio la voz, el cielo oscureció.

Hyou puso a mirar al mar. Hubo un cambio en el tiempo. El ratón tenía razón. Algo grande y húmedo se avecinaba y que iba a venir pronto.

La erupción del volcán Monte de la Pluma había sacudido las rocas abajo el mar. Las rocas temblando había hecho una ola gigante. Era una especie de ola que los surfistas sueñan. Era enorme y verde y suave, y, ya que se acercaba a Kanji, la ola absorbió el agua de la costa de la isla, haciendo que las pierdas se rugen. La montaña líquida del agua del mar se elevó más alto, tambaleó y, a continuación, con un sonido como un trueno se derrumbó en un mar de espuma. La ola derrumbado vino desagarrando arriba en la ladera, llevándose la escuela como llegó. El agua del mar persiguió a los alumnos y a su profesora por la ladera.

Juan Mateo miró hacia atrás y vio a la ola que venía después de él. Pupitres y pizarras se balanceaban en la espuma. El agua de la inundación se precipitó por la ladera hacia él.

— Nosotros no nos vamos a hacerlo — pensó. Vamos a ser arrastrados. Cogió su teléfono del jinete murciélago.

— La ola ha llegado escuadrón número uno — dijo — Si nos van a rescatar, ahora sería un buen momento.

Algo marrón y peludo se estrelló en la ladera frente de él.

— ¡Bulmer! — se dijo Juan Mateo.

— ¡Que dolor! — dijo Bulmer — No soy bueno en aterrizajes. Saltar en mi espalda, Juan Mateo.

Juan Mateo saltó en la espalda de su murciélago.
— ¡Llévanos lejos, Bulmer!

— Okay-dokey — dijo Bulmer. Extendió sus alas.
— ¡Cunas-afuera! — dijo.

Él estaba demasiado tarde.

— ¡Oo!

La ola golpeó a los dos.

— Obble bable — dijo Bulmer.

— Oogle boogle — dijo Juan Mateo.

Burbujas salió de su boca. Él agitó sus alas en cámara lenta. Estoy bajo el agua, pensó.

Juan Mateo miró a su alrededor. Su mundo se había vuelto verde. Él estaba flotando dentro de un nube de burbujas.

Un tablón de anuncios pasaba dando vueltas muy lentamente en la corriente.

— Estamos dentro de las aguas de la inundación — pensó — Tenemos que hacer la superficie. Tenemos que respirar. No debo soltar a Bulmer.

Oyó un rugido en los oídos. Su celebro se acelero. Estaban siendo succionado abajo más en las profundidades. Vio la ladera debajo de él. Vio pastos agitando como algas marinas. Él se abrió paso de nuevo a la superficie.

Abrió la boca y engulló el aire. Se golpeó la cabeza. Se sintió recogido por debajo del agua otra vez. Su cabeza nadaba. Sus pensamientos se movía como un rayo. Tenía que salvar a ambos, su murciélago y a sí mismo. Se colgó en Bulmer con una mano mientras él azotó con la otra. Logró unos cuantos golpes.

Si sólo los golpes en la cabeza se paraba y le dejaba pensar. El agua del mar estaba fría. Era un esfuerzo para nadar.

Juan Mateo y Bulmer aparecieron a la superficie en conjunto. Juan Mateo tragó otra boca llena de aire. Tanteó acerca con la mano libre. Sus dedos se cerraron alrededor de una pata de una mesa flotante de la escuela. Se arrastro por la parte superior de la mesa y luego ayudó a Bulmer subir a su lado.

— ¿Estás bien, Bulmer?

Bulmer se sacudió, enviando gotas de agua

volando — Creo que sí — dijo. Escupió un poco el agua de su boca — ¿Qué hacemos ahora?

Juan Mateo se subió en la espalda de Bulmer, se puso sus brazos alrededor del cuello del murciélago y se apoderó de él con fuerza. — ¡Volamos! — dijo.

Ellos saltaron de la mesa escolar flotante al aire.

— ¿Cómo me has encontrado, Bulmer? — preguntó Juan Mateo — La señorita Flor Bonita dijo que asistías a una clase de navegación.

— Uh. Perdí mi camino a la clase de navegación — dijo Bulmer — y luego, cuando vi venir la ola, pensé que sería mejor ver si estabas bien.

— Me alegro de que vinieras por mi — dijo Juan Mateo.

— Tú me salvaste la vida. Eres el mejor murciélago en el mundo entero. Espero que los jinetes murciélagos del escuadrón número uno llegan a tiempo para salvar a los otros.

Akihito Akemi, montando en su murciélago Suki, vio la gran ola de agua del mar en dirección a la isla de Kanji.

— ¡Ho, Suki! — dijo — Veo niños y niñas corriendo por la colina para escapar de las olas. Una niña esta a punto de ser ahogada por la ola. Salvamos a esa niña.

— Enseguida, honorable jinete — dijo Suki.

Akihito Akemi y Suki se cayeron del cielo y aterrizaron delante de Annabella Sue.

— ¿Quién es usted? — dijo Annabella Sue.

— Yo soy Akihito Akemi. Esto es mi murciélago Suki. Estamos aquí para rescatarte de la ola gigante.

— Quiero ser rescatada por mi *propio* murciélago — dijo Annabella Sue, poniendo sus manos en las caderas — Quiero ser rescatada por *Hula*.

— No hay tiempo para discutir — dijo Akihito Akemi, y tiró a Annabella Sue detrás de él — ¡Vaya Suki! — exclamó.

Akihito Akemi y Suki estaban justo a tiempo. A medida que se fueron, se sintieron la ola mojar sus pies.

Akihito Akemi miró a su alrededor. Todas las otras noventa y nueve jinetes estaban en el aire, también. En la parte posterior de cada murciélago se sentaban dos personas. Cada niño de la escuela habían sido arrebatado a la seguridad justo a tiempo. El escuadrón número uno habían cumplido con su deber. Su misión fue un éxito, pero Akihito Akemi no podía ver ninguna señal de la maestra la señorita Flor Bonita.

— Regresa a la sala — dijo en su teléfono de jinete de murciélagos — Debemos llevar a los niños a un lugar seguro.

Obedeciendo los órdenes, los cientos de murciélagos del escuadrón número uno rodaron a través del cielo y se dirigieron a casa en un zumbido de batir de alas.

Al salir de la isla Kanji Akihito Akemi creyó ver una criatura manchado nadando en la inundación, llevando algo rojo en su boca.

Él quería abatirse para investigar, pero no se atrevió a romper la formación. Él era el líder del escuadrón, y era su trabajo llevar a sus hogares a los murciélagos compañeros jinetes.

Los padres de Juan Mateo estaban visitando la sala de un centenar de murciélagos. Habían sido invitados a la ceremonia del té con el señor Semillas. Ellos habían lavado sus manos y se lavaron la boca con agua de un lavabo de piedra. Ellos habían sacado sus zapatos, se agacharon sus cabezas, y entraron en la casa de té a través de una pequeña puerta.

Dentro de la casa del té ellos habían intercambiado inclinaciones solemnes con el señor Semillas y habían visto preparar el té espeso en el fuego de carbón de leña. Ahora todos estaban tomando ese té espeso del mismo tazón, frotando el borde limpio con una servilleta antes de pasar el tazón a la siguiente persona.

Juan Mateo irrumpió en la casa del té.

— ¡La señorita Flor Bonita está perdida! — gritó. — La tenemos que salvar de la ola. Ella es demasiada pesada para que nuestros murciélagos la puede llevar.

El señor Semillas giró su silla a la cara del muchacho — Cuéntanos el relato desde el principio, Juan Mateo, dijo — ¿Qué es está ola de la que usted habla?

Juan Mateo se recompuso y le explicó acerca de la advertencia desde el espacio, y la llegada de la ola. Dijo que trabajo bueno el escuadrón número uno habían hecho rescatando a los niños escolares.

— Gracias a Dios que todos los jóvenes están a salvo — dijo la madre de Juan Mateo.

El padre de Juan Mateo limpió la garganta — ¿Tú dices que Akihito Akemi del escuadrón número uno informó haber visto una criatura grande que estaba nadando en las aguas de la inundación llevando en su boca algo rojo? — dijo.

— Si, papa — dijo Juan Mateo.

— Akihito Akemi se debe haber visto a la señorita Flor Bonita siendo llevada en la boca del leopardo Hyou — se dijo el señor Semillas, aceptando el tazón de té de antigüedades de la madre de Juan Mateo y poniéndolo con cuidado sobre un paño de brocado. Le ofreció a Juan Mateo una bandeja de pequeñas trozos de comida deliciosas de la montaña y del mar — ¿Alguna vez has probado el sushi?

Juan Mateo metió unos de los trozos de comida en su boca. Estaba envuelta en algas negras y saboreaba de pepinos del mar y de pulpo — Es bueno — dijo — ¿Puedo probar otro?

El señor Semillas asintió con la cabeza.

Juan Mateo se sirvió un otro bocado. Esta vez se trataba de una pequeña torta rellena con palomas silvestres — Mmm — dijo, con la boca rellena, masticando lentamente para que la torta dure tanto como sea possible — Muy bueno. ¿Quién es Hyou? ¿Es realmente un leopardo? No creo que jamás he visto un leopardo.

— Hyou es un leopardo de Kanji. Su pelaje es color amarillo con manchas negras. Su guarida está en la isla, en la cima de la colina. Si entras en su guarida, tenga cuidado de no tocar la nariz. Ser tocado en la nariz es un insulto a un leopardo.

— Voy a tratar de recordar que no debo tocar su nariz, señor Semillas — dijo Juan Mateo.

— Juan Mateo — dijo su madre, sus ojos muy abiertos — ¿Seguramente tú no estás planeando visitar un leopardo en su guarida?

— ¿Qué más puedo hacer, mamá? — dijo Juan Mateo — Si Hyou ha capturado a la señorita Flor Bonita, entonces tengo que hacer algo. La señorita Flor Bonita es mi maestra. Si fuiste tú que estabas atrapada en la guarida del leopardo, quisieras tratar de rescatarte.

Las lagrimas llenaron los ojos de su madre — Yo sé que lo harías Juan Mateo — dijo ella.

— Buena suerte, hijo — dijo su padre.

— Gracias, papa — dijo Juan Mateo.

— Una cosa más — dijo el señor Semillas — Cuidado con los caracoles.

Juan Mateo y sus compañeros jinetes murciélagos se acercaron a la isla de Kanji desde el norte. Ellos volaron sobre los restos de su salón de clases.

— La mayoría del agua de la ola parecía haber sido drenado de nuevo al mar — dijo Joshua Ryan, volando su murciélago Ahumado sobre las paredes de papel arrugado de arroz y los pupitres volcados.

— ¡Qué desastre miserable! — dijo Vesper.

— Tendremos que reconstruir la escuela — dijo Emilia Carlota.

— Si lo hacemos, una nueva ola vendrá y lavarse lejos — dijo Vesper.

— No, si hacemos la nueva escuela, a salvo de las inundaciones — dijo Annabella Sue — ¿Podemos hacerlo segura de los inundaciones, Hula?

— Si — dijo su murciélago Hula — Podemos construir una escuela segura.

— El escuadrón número uno construirá la nueva escuela — dijo Akihito Akemi — Mi murciélago Suki es un arquitecto. Suki haga el plan para la creación de un nuevo edificio.

— La nueva escuela tendrá un gong de bronce, honorable maestro — dijo Suki — y dragones.

— Primero rescatamos a la señorita Flor Bonita de ese leopardo — dijo Juan Mateo — Un nueva escuela no es buena sin una maestra, y necesitamos a la señorita Flor Bonita de vuelta. ¿Viste que se fue llevada por Hyou a su guarida?

— Un animal grande con pelaje de manchas estaba nadando. Estaba llevando algo rojo en su boca — dijo Akihito Akemi — Eso es todo lo que sé.

— Supongo que la señorita Flor Bonita ha sido comida — dijo Vesper — Supongo que el leopardo tenía hambre.

— Veo la entrada a la guarida del leopardo — dijo Juan Mateo — ¡Sígueme!

Los cinco murciélagos se desembarcaron en frente de la entrada. Los jinetes saltaron de las espaldas. Ellos quedaron mirando en el agujero negro en la colina rodeado de raíces de los árboles enredados. El agujero olía a leopardo.

Juan Mateo abrió el camino por un estrecho pasadizo subterráneo fangoso. No había lugar para volar. Podía ver huellas en el barro. Cada impresión tenía cuatro dedos de los pies. Mientras seguía las huellas, vio un surco grande. Algo pesado había sido arrastrado por el barro. El pasaje se amplió en una cámara redonda. Las paredes de la cámara se arrastraban con gris seres viscosos con conchas en espiral que brillaba verde.

— Recordar lo que el señor Semillas dijo — le susurró a sus compañeros — Cuidado con los caracoles.

— ¿Qué son caracoles? — preguntó Bulmer.

— Un caracol — dijo Joshua Ryan — es un animal con una concha. No tiene piernas y un pie.

— ¿Un pie? — dijo Bulmer.

Se le arrancó uno de los caracoles que brillaba intensamente de la pared y le dio la vuelta para dar un vistazo — Como puedes tener un pie sin

El caracol apuñaló a Bulmer con un dardo de amor. — ¡Te atrapé! — dijo el caracol.

— ¡Oo! — dijo Bulmer — Se me siento raro. Quiero besar a todas las personas.

— Bulmer, deja de mirarme así — dijo Hula.

— Eres hermosa Hula — dijo Bulmer, sus ojos tan grandes como platos.

— ¡Bulmer! ¡Contrólate! Estamos en la guarida de un leopardo — dijo Juan Mateo — Trate de mantener su mente en nuestra misión. Tenemos que encontrar nuestra maestra, la señorita Flor Bonita, ¿recuerdas?

— ¡La señorita Flor Bonita! — dijo Bulmer. Una mirada de ensueño llegó a sus ojos.

— ¡Bulmer! — ¿Por qué estás arrancando otro caracol de la pared?

— Aquí, Juan Mateo — dijo Bulmer — Tenga un caracol. Ellos te hacen sentir maravilloso.

— No gracias — dijo Juan Mateo. Él dio la espaldas a Bulmer y al caracol. Corrió por un pasillo que conducía más profundo en la guarida de Hyou. Él tenía que encontrar a la señorita Flor Bonita.

Cuando sus amigos trataron de seguirle, cientos de caracoles vinieron corriendo hacia ellos, exudando baba y lanzando flechas de amor.

— ¡Rápido! ¡Aquí abajo! — dijo Annabella Sue. Agarró a Emilia Carlota de la mano y la arrastró a un lateral del túnel. Estaban en un depósito. Joshua Ryan se lanzó detrás de un cajón lleno de nabos.

¡Golpe sordo! ¡Golpe sordo! ¡Golpe sordo! Dardos de amor golpearon la caja y se estremecieron como flechas gastadas.

— Huelo perfumes — dijo Emilia Carlota — Me siento mareada.

— Estamos condenados — dijo Vesper —Estamos cayendo enamorados.

— Los dardos de amor estaban cubiertos en una baba romantic — dijo Joshua Ryan — He leído sobre él en un libro.

Ahumado asomó la cabeza por encima de la caja para una rápida mirada — Los caracoles están llegando. Están dejando rastros brillantes detrás de ellos — Él se agachó de nuevo.

— Los oigo hablar — dijo Akihito Akemi.

— Un par de enamorados — dijo un caracol.

— Abrazo-fuerte-abrazos — dijo otro.

— Besito-besito — dijo un tercero caracol.

— Espero que Juan Mateo está bien — dijo Hula. Ella levanto la cabeza para ver a donde Juan Mateo se había ido.

¡Golpe sordo!

Un dardo de amor se fijó en su oreja en la pared.

— ¡Ah-ay! — ella dijo. Ella sonrió con una sonrisa tonta — Me siento muy sentimental — ella dijo.

La señorita Flor Bonita despertó. Ella se sentó y miró a su alrededor. Ella estaba en una gruta oscura. Pilares brillantes con cristales apuntalado en un techo abovedado. Cientos de caracoles con conchas grises brillantes se arrastraban hacia arriba y hacia abajo las paredes. Ella se puso de pie y miró a su alrededor con asombro. ¿Cómo había llegado a este lugar bajo tierra tan extraña? ¿Dónde estaban los niños en edad escolar? ¿Estaban a salvo? ¿Por qué estaba tan mojada? Ella se retorció un poco el agua de su cabello. Apretó un poco el agua más de su kimono. Oyó un sonido chirriante, y se volvió hacia el sonido, el corazón en la boca.

— ¿Quién está ahí? — ella dijo.

— ¡Hyou! — dijo una voz gruñón.

— ¿Quién? — preguntó la señorita Flor Bonita. Ella se asomó a la hendidura de baja luz de la caverna. — Muéstrate, quienquiera que seas.

— Si mi muestra — dijo la voz — ¿Me prometes no gritar?

La señorita Flor Bonita se cruzó los brazos y miró severo — Yo soy una maestra — dijo — Los profesores no gritan.

Un monstruo salió de las sombras. El monstruo era un enorme leopardo mojado. El agua corría por su piel y se juntaba en el suelo de la gruta. El leopardo tenia pieles doradas con manchas oscuras. Cuando el leopardo abrió su boca para hablar, la señorita Flor Bonita vio un montón de dientes.

— ¿Quién eres? — ella susurró.

— Yo soy Hyou — dijo Hyou — Yo soy un leopardo poderoso, pero estoy poderosamente ignorante. No sé mis tablas de multiplicar. No sé que era la pequeña señorita Muffet o por qué ella se sentó en una banqueta, y no puedo cantar — ¿conoce usted el hombre Muffet? — Tengo hambre de aprender. ¿Me ayudarás, señorita Flor Bonita?

La señorita Flor Bonita estaba sorprendida de que un leopardo quisiera irse a la escuela.

—Yo necesito mi pizarra si te voy a enseñar — dijo ella.

— ¿Es eso lo que usted necesita? — preguntó Hyou, arrastrando algo grande y plano de las sombras.

— Lo salve de la escuela.

— Eso es la misma pizarra que estaba escribiendo antes que la ola llegó. Déjame ver si tengo mi bastón de tiza en mi bolsillo. Si lo tengo. — Ella limpió el tablero limpio con la manga de su kimono — Bueno — siguió — Ahora estamos listos. ¿Qué te gustaría aprender en su primera lección, Hyou?

Hyou se rascó la cabeza — ¿Qué es uno más uno?

— Te voy a mostrar — dijo la señorita Flor Bonita, y así la educación del leopardo de Kanji comenzó.

Juan Mateo sintió su camino hacia abajo en el túnel oscuro más profundo y más profundo en la guarida de Hyou. Fue por su propia cuenta. Sus amigos habían sido superados por los dardos de amor de los caracoles. La oscuridad le daba miedo. Había tenido miedo de la oscuridad durante el tiempo que podía recordar. La idea de venir cara a cara con Hyou en la oscuridad le molestaba un poco. Supongo que el leopardo le atacaba. Sin su murciélago, ¿cómo iba a ser capaz de escapar? No que él quería escapar. Lo que quería era rescatar a su maestra, la señorita Flor Bonita, pero no tenía idea cómo. Ni siguiera sabía si la señorita Flor Bonita estaba viva o muerta. Esperaba mucho de que estaba viva. Le gustaba la señorita Flor Bonita. Ella era una maestra amable que nunca le gritaba a nadie.

Oyó voces.

Entró en una habitación grande y cómodo, con olor a zanahorias y llena de suave luz verde de los caracoles. Fue un alivio poder volver a ver. — ¿Cuántos números cuánticos definen un orbital? — oyó a la señorita Flor Bonita preguntar.

— Tres — contestó una voz gruñón.

— Bueno — dijo la señorita Flor Bonita — Usted es un alumno rápido, Hyou. Deseo que todos mis alumnos sean tan rápido como usted. Voy a escribir la ecuación para usted — Se volvió y escribió un montón de números y letras en la pizarra.

Juan Mateo se sorprendió ver a su maestra y el leopardo teniendo una lección. Se aclaró la garganta.

— Estas viva, señorita Flor Bonita — él dijo — Estábamos preocupados por usted. Es bueno verte sana y salva.

— Es bueno verte seguro también, Juan Mateo. Estoy viva gracias a Hyou aquí — dijo la señorita Flor Bonita — Él es un leopardo bueno. Primero me salvó de la inundación y después me arrastró aquí a su guarida, él único lugar seco en la isla.

— ¿Cómo está usted, Hyou? — se preguntó Juan Mateo, cortésmente. El nunca había hablado antes a un leopardo.

— Muy bien, gracias — dijo Hyou — Su maestra la señorita Flor Bonita me ha enseñado la lectura, la escritura, y la mecánica cuántica.

— Decirme, Juan Mateo — dijo la señorita Flor Bonita — ¿Están los otros niños escolares seguros?

— Ellos están, señorita Flor Bonita — dijo Juan Mateo — Bulmer me salvó, y los cientos de murciélagos del escuadrón número uno salvaron a los demás. Estamos planeando reconstruir su escuela.

La señorita Flor Bonita aplaudió con sus manos — ¡Qué hermoso! — ella dijo — Cuando la nueva escuela está listo, Hyou pueda unirse a nosotros allí para continuar sus estudios.

— ¿Puedo? — dijo Hyou, rascándose la cabeza con su pata — ¿Yo? ¿Ir a la escuela? ¿Los niños no se van a gritar cuando me ven? Yo soy un leopard.

— Voy a explicarles lo que me explicaste, que usted es un leopardo vegetariano.

Hyou era feliz — Voy a la escuela — el dijo, y sonrió a Juan Mateo.

— Espero que te guste — dijo Juan Mateo, y sonrió con timidez a la enorme creatura.

Hyou hizo una parad de manos. No podía creer su suerte. El siempre quería ir a la escuela — ¿Cuando suena la campana para el recreo, se me permitirá salir en el patio de recreo?

— Si — dijo la señorita Flor Bonita.

Bulmer entró en la cámara cojeando, con una

mirada soñador y cubierto con un romántica baba —¡Te amo! — el dijo, y beso el leopardo en la nariz.

Hyou golpeó a Bulmer con una barra oblicua de su pata. Saltó por encima de Bulmer — ¡QUE MURCIÉLAGO ESTÚPIDO! — le gritó. Él trajo su cara muy cerca a la cara de Bulmer. Él se abrió la boca a lo ancho para mostrar sus dientes. — ¡USTED ME BESÓ LA NARIZ!

— Usted debe ser Hyou — dijo Bulmer, y con sus ojos empañados — ¡Cásate conmigo, Hyou! — dijo.

— ¿CÁSATE CONTIGO? — dijo Hyou, saltando de Bulmer y alejándose a toda prisa. Él abrió paso de Juan Mateo — Necesito un poco de aire fresco — dijo con voz débil.

— ¡Vuelve, mi snookums Ooky-Wooky! — dijo Bulmer — ¡Vuelva, mi amor! Quiero hacer caracoles bebés con usted.

Bulmer se puso de pie y cojeó después del leopardo.

Juan Mateo se encontró solo con su maestra.

Se rascó en un lugar en su rodilla que picaba y se quedó mirando hacia el suelo fangoso. Quería preguntarle a la señorita Flor Bonita una pregunta, pero no estaba seguro cómo.

— ¿Ah, señorita Flor Bonita? — comenzó.

— ¿Si, Juan Mateo? — dijo la maestra y esperó pacientemente.

— Señorita Flor Bonita, es así. Al principio, solo quería ser un jinete murciélago. Entonces me ofrecí de ir al dorso del más allá para rescatar a la hija del chef Wandor, y la traje de vuelta segura, por lo que los otros jinetes murciélagos votaron a favor de mí para ser su jefe del escuadrón.

— Ellos hicieron una buena elección — dijo la señorita Flor Bonita — He notado que usted se preocupa de otras personas, y que usted toma su trabajo seriamente. Esas son las buenas cualidades de un líder. Hoy usted estuvo valiente. Usted vino acá para rescatarme de la guarida de Hyou, por lo cual estoy agradecida. Usted pensó Hyou peligroso y arriesgaste su vida por mi causa.

Juan Mateo levantó la vista — Pero — dijo. Hizo una pausa. Se mordió el labio.

— ¿Si, Juan Mateo? — dijo la señorita Flor Bonita.

— Después de nuestra misión a la Luna loca, ellos me hicieron Comandante de Ala y tenia que cuidar de los dos escuadrones — explicó Juan Mateo — Luego el volcán entró en erupción, y yo dirigí una expedición a los tubos de lava de la Pluma, por lo que me hicieron el capitán del grupo, y tenía que cuidar de dos escuadrones *más*.

— ¡Por Dios! — dijo la señorita Flor Bonita — Eso es un montón de escuadrones. No tenía ni idea de que le habían dado tanto para hacer.

— No se detuvo allí — dijo Juan Mateo — Cuando me fui para mi turno de servicio en el espacio, me hicieron el capitán de la Artibeus además. Así que ahora tengo la tripulación de una nave estelar para cuidar, así como cuatro escuadrones de jinetes murciélagos.

— Puedo ver por qué podrías estar un poco preocupado por tantas responsabilidades — dijo la señorita Flor Bonita, mirando pensativamente al niño.

— Has tenido mucho acumulado en tus hombros jóvenes. ¿Cómo te sientes al respecto?

— Me siento pequeño y estúpido — dijo Juan Mateo — No sé cómo cuidar a tanta gente, y tengo miedo que algunos de ellos pueden salir heridos, porque no sé cómo mantenerlos a salvo.

— ¿A salvo de qué? — preguntó la señorita Flor Bonita.

Juan Mateo cerró sus ojos. Se puso sus yemas de los dedos a la frente — Cuando estaba en el espacio había este mensaje de un montón de murciélagos aterradores llamados Los Mormoops.

— ¡Ay! — dijo la señorita Flor Bonita — Ahora entiendo. Usted tiene miedo de una invasión. ¿Ayudaría si te dijera que es su suerte?

— ¿Mi suerte? — dijo Juan Mateo, abriendo los ojos. Estaba desconcertado.

— Puedo mirar hacia el futuro y te daré un idea de lo que viene — explicó la señorita Flor Bonita. — ¿Te gustaría eso?

— Si, por favor — dijo Juan Mateo.

— ¿Te recuerdas de los nombres de los cinco elementos de la adivinación que escribí en la pizarra esta mañana? — preguntó la señorita Flor Bonita.

— Um. Déjame pensar — dijo Juan Mateo, proyectando su mente hacia atrás Había Tierra, Fuego, Viento, Agua y Espacio.

— Siéntate en el suelo y cierra los ojos — dijo la señorita Flor Bonita.

— ¿La señorita Flor Bonita le dijo su suerte? — dijo la madre de Juan Mateo.

— Si — dijo Juan Mateo.

En la casa del té de la sala de un centenar de murciélagos, el señor Semillas y la mamá y papá de Juan Mateo miraron a Juan Mateo con asombro.

— ¿ La señorita Flor Bonita que te ha dicho?

— No se me permite decir — dijo Juan Mateo.

— ¿Cómo te las arreglaste para conseguir que Bulmer y los demás amigos enfermos de amor volverán a casa? — preguntó la mamá.

— El efecto de los dardos de amor de los caracoles desapareció después de un tiempo, y no podían recordar mucho de lo sucedido. Cuando le dije a Bulmer que había besado al leopardo, el soltó una risita.

— Criaturas potentes, los caracoles de Kanji — dijo el señor Semillas. He preparado un poco té fino — ¿Quieres probarlo? Usted encontrará el té fino más refrescante que el grueso.

— Gracias — dijo Juan Mateo. Tomó el recipiente cuidadosamente y se la llevó a sus labios. Bebió con cautela. El té saboreaba de menta y de algas marinas. Se le calentaba su panza. Se limpió el borde de la taza con una servilleta antes de pasar la taza a su madre.

— Tenga otro bocado — dijo el señor Semillas.

Juan Mateo se sirvió un pastel redondo cubierto de semillas de sésamo tostadas.

— Sabroso — dijo — Atún.

— Estoy orgulloso de ti, Juan Mateo — dijo su madre — Has salvado a toda la escuela de ahogarse, y luego enfrentaste al leopardo en su guarida.

— Sólo tuve suerte, mamá.

— Suerte y valiente — dijo su padre, dándole una palmada en los hombros.

— Gracias, papá.

— El General de Brigada Aérea ha superado a su murciélago — dijo el señor Semillas — Su empleo es tuyo ahora, Juan Mateo.

— ¡Oh, no! — dijo Juan Mateo. Él gimió — ¿Quiere decir que he sido promovido de *nuevo*?

— Si. El promoción sucede muy rápido entre los jinetes murciélagos. ¿Espero que no se siente abrumado?

— Voy a tener que dirigir de la mejor manera que puedo, señor Semillas — dijo Juan Mateo, mirando al anciano de forma constante en el ojo.

— Usted es nuestro mejor jinete murciélago, Juan Mateo — dijo el señor Semillas — Cuento con usted.

ARTIBEUS

CAPÍTULO IV

Salvando los árboles Yumi

Juan Mateo estaba desayunando con sus padres y con el señor Semillas. Ellos estaban comiendo huevos pasado por agua y delgados dedos de pan tostados.

— El buque asustó a las cabras cuando tocó a tierra — dijo el señor Semillas, mirando fuera de su ventana de la cocina al enorme nave estelar negra que había aterrizado al lado de su casa, aplastando a sus arbustos de arándanos.

Juan Mateo mojó sus delgados dedos de pan tostado en la yema del huevo y lo chupó — ¿Qué tipo de nave estelar es ella?

— No estoy seguro — dijo el señor Semillas — Cuando era joven, el árbol más viejo del bosque, la Primera Semilla me habló de una nave estelar negra que vendría un día a nuestro mundo, trayendo peligro para todo nosotros. Esto puede ser esa nave.

— Espero que no vas a pedir a Juan Mateo que investigue — dijo la madre de Juan Mateo — No sabemos qué tipo de personas están dentro de la nave.

— Veo una escotilla abriendo — dijo el padre de Juan Mateo, frotándose el vapor de la tetera del panel.

Juan Mateo tragó su delgado dedo de pan tostado y se reunió con su padre enfrente de la ventana. Tomó su teléfono del jinete murciélago de su bolsillo — ¿Annabella Sue?

— En camino, Juan Mateo — dijo la voz de su amigo — El pastel está todavía caliente.

— Te veré por la nave estelar negra — dijo Juan Mateo.

— ¡Juan Mateo! — dijo su madre — ¿Qué traes entre manos?

— No te preocupes, mama. Mis amigos y yo vamos a dar a nuestros huéspedes un regalo, eso es todo. Nos vamos a cabalgar nuestros murciélagos — dijo Juan Mateo — Si hay algún tipo de problema, vamos a volar afuera de nuevo directamente.

— Señor Semillas — dijo la madre de Juan Mateo — Por favor dígale a mi hijo esté es un trabajo para adultos.

El señor Semillas giró su silla de ruedas a la ventana y miró fuera a la nave negra y a la escotilla abierta — He llegado a tener un gran respecto a su hijo — él dijo — y confiar en él. Como el Comodoro del Aire de los jinetes murciélagos, la decisión es suya.

El padre de Juan Mateo apretó el hombro de su hijo — Pensar grande y no serás un cerdo.

— ¡Papá! — dijo Juan Mateo — Esto es serio. Nosotros vamos a negociar con extraterrestres.

— Si usted va a abordar la nave negra — dijo el señor Semillas, buscando en el almario donde guardaba sus tesoros — Nada mejor que toma esto con usted, Juan Mateo.

El señor Semillas colgó una llave en una cadena alrededor del cuello del niño.

— ¿Para qué es esto? — preguntó Juan Mateo, mirando con asombro a la llave de oro brillante colgando en su pecho.

El señor Semillas miro en la distancia — Cuando yo era tú edad y un jinete murciélago, Primera Semilla me dijo que guardará la llave segura hasta que aparezca el día en la que la nave negra volverá — Buscar el reloj de arena — ella dijo. No tenía idea de que ella hablaba, así que puse la llave en un lugar seguro. Ahora, en caso de que esto es el barco negro de que he hablado, estoy pasando la llave a usted. Use la llave sabiamente, Juan Mateo.

La mandíbula de Juan Mateo cayó — ¿Eres una vez un jinete murciélago, señor Semillas? — él dijo — Nunca me dijiste.

El señor Semillas sonrió — Mejor que no seguís esperando a tu amigo.

— Correcto — dijo Juan Mateo. Él agarró otro dedo de tostado delgado, se le metió en la boca y salió corriendo de la casa.

— Tengo miedo por él — dijo la madre de Juan Mateo.

— Yo también — dijo el señor Semillas — Él es joven y tiene muchas responsabilidades.

Bulmer, el fiel murciélago de Juan Mateo le estaba esperando en la puerta. Como regla general, los murciélagos son activos durante la noche y les gusta pasar la mayor parte del día durmiendo, pero Bulmer aún no estaba dormido.

— ¿Podemos ir dentro de la nave negra ahora? — le preguntó.

— Si — dijo Juan Mateo, y saltó en la parte

posterior de Bulmer. Él enganchó sus manos juntas con fuerza bajo la barbilla del murciélago.

— ¡Vamos nos! — dijo.

Bulmer agitó sus alas, dio un giro de Cobra a través del jardín estrecha, pasando muy cerca con una carretilla de rueda y disparó rápido y bajó a través de los arbustos arándanos golpeados hasta la escotilla abierta de la nave negra.

Los tres mejores amigos de Juan Mateo, Joshua Ryan, Emilia Carlota, y Annabella Sue, estaban esperando allí, dando círculos en el aire.

Annabella Sue sostenía una tarta de Yumi en una mano mientras que se aferró de la piel de su murciélago Hula con la otra — Este pastel es un regalo de mi padre para quienquiera que se encuentra dentro de la nave negra — explicó.

— Tal vez los extraterrestres no les gustan pasteles — dijo Vesper.

— No te preocupes — dijo Emilia Carlota, frotando el cuello de su murciélago — No voy a dejar que te comen.

— ¿Qué es eso? — dijo Joshua Ryan, ahuecando la oreja con la mano.

— Música alienígena — dijo Hula.

Los cuatro jinetes murciélagos se sumergieron en el interior. Una audiencia de enormes murciélagos feos colgados por los pies de una parrilla de acero en el techo, mirando al escenario vacío. Al lado de cada murciélago colgaba un palo con manijas y un resorte.

La música se hizo más fuerte.

Los jinetes murciélagos aterrizaron en el suelo en la parte posterior de la sala. Nadie se dio cuenta. Todos los ojos estaban sobre el escenario. La música se detuvo.

Los murciélagos que se colgaban del techo murmuraron entre sí, y se quedaron en silencio.

¡Hoomp-Diddy! ¡Hoomp-Diddy!

— Alguien se acerca — dijo Bulmer.

Los murciélagos más grandes que cualquiera que Juan Mateo jamás había visto llegaron rebotando en el escenario. Él estaba en equilibrio sobre un palo elástico. A medida que el palo elástico cayó al suelo del escenario se fue — ¡Hoomp! — y como se levantó el gran murciélago en el aire y se fue — ¡Diddy!

— Mis compañeros murciélagos — dijo el gran murciélago — Nuestro largo viaje he terminado (rebote) y que han llegado (rebote) en este planeta primitivo (rebote) donde los murciélagos locales aún no han inventado el palo saltador (rebote)

Los miembros de la audiencia sacudieron sus palos saltadores y se rieron.

— Mira sobre en lo que están rebotando — dijo Juan Mateo — Tiene apoyapiés, manijas, y un resorte.

— ¿Por qué no vuela? — preguntó Bulmer.

— Ni idea — dijo Juan Mateo.

— Hace tres mil años (rebote) — el gran murciélago continuó — plantamos las semillas del árbol Yumi (rebote) Los árboles que plantamos ahora son de una milla de altura (rebote) y están listos para ser convertidos en palos saltadores (rebote)

— Los murciélagos locales no quieren que cortan los árboles Yumi — dijo una voz de la multitud.

— No me importa — respondió el gran murciélago — Es por eso que me llaman GRANDE (rebote) MURCIÉLAGO (rebote) MALO (rebote)

La audiencia sacudió sus saltadores y cantaron — ¡GRAN MURCIÉLAGO MALO!

¡Gran Malo idiota! — gritó Annabella Sue. Ella voló su murciélago Hula directamente al Gran Murciélago Malo.

El gran murciélago malo frunció el ceño ante el murciélago extraño corriendo por el aire hacia él por debajo de las cabezas de la audiencia colgados boca abajo — ¿Quién eres, pequeño murciélago? — él preguntó — ¿Dónde está su palo saltador?

— Mi nombre es Hula y no tengo un palo saltador — dijo Hula — Estoy volando.

¿Volando? — dijo el gran murciélago malo, rascándose la cabeza — ¿Qué significa eso? ¿Por qué está esa creatura aferrándose a su espalada?

— Ella es una niña humano. Su nombre es Annabella Sue, y ella tiene un regalo para usted.

¿Un regalo para mí? — dijo el gran murciélago malo — No creo que alguien (rebote) jamás me ha dado un regalo (rebote)

¡Sorpresa! — dijo Annabella Sue, y tiró el pastel a la cara del gran murciélago malo.

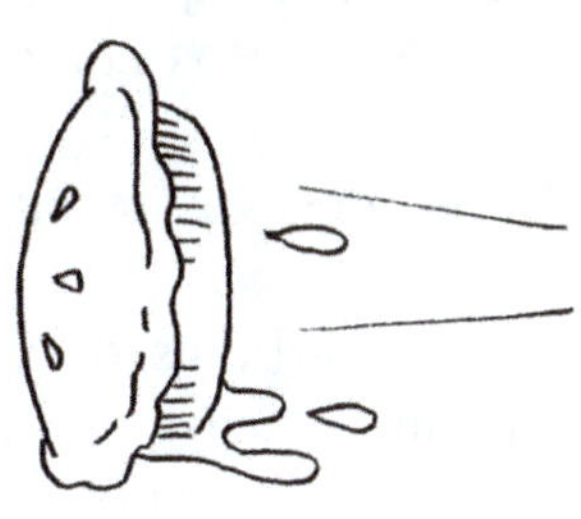

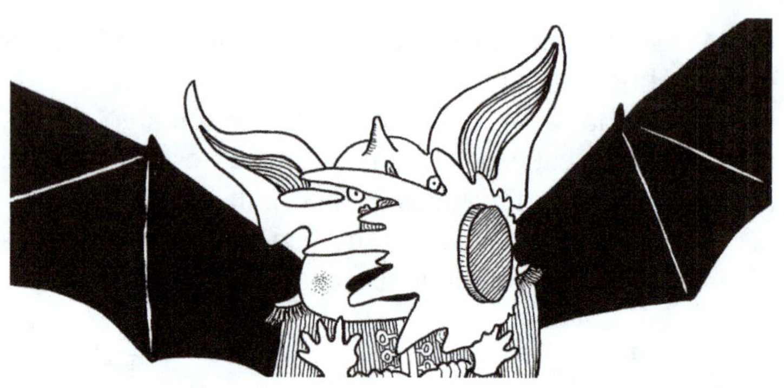

No había nada en el día en que el gran murciélago malo se le había preparado para ser golpeado en la cara por un pastel. Se había admirado en el espejo. Él había estado encantado por la forma en que los rubíes de su palo saltador había captado la luz mientras rebotaba — ¡Ay, ay ,ay! — le había dicho a sí mismo — Qué fino murciélago grande y malo soy yo.

Se había tirado a una campaña para llamar a su esclavo humano. Él era demasiado gordo para ponerse el abrigo por sí mismo.

— Gran día hoy, Addison Carter — el gran murciélago malo había dicho a su esclavo mientras se le estaba siendo vestido — ¡Te dije que volveríamos a visitar a su planeta de origen! (rebote) ¡Buena cosecha de los árboles Yumi tienes aquí! (rebote) ¡No puedo esperar para empezar a cotarlos abajo! (rebote) ¡Ja, ja, ja!

— Los árboles no desean ser talados — Addison Carter respondió.

— Voy a cortar los arboles de todos modos. ¡Yo soy grande y soy un murciélago y soy MALO!

— Los árboles Yumi son muy importantes para mi planeta — Addison Carter anotó a decir — Los árboles proveen a mi gente con comida, ropa y refugio.

— No después de haber terminado con ellos — dijo el gran murciélago malo de haberse dicho y se reboto para servirse de su desayuno. Después del desayuno, el gran murciélago malo había hecho un encendido discurso.

¡Plaf!

Algo pegajoso golpeó al gran murciélago malo en la cara. Él no podía ver. Perdió el equilibrio. Se cayó de su palo saltador y aterrizó con un golpe en el escenario.

La audiencia se quedó sin aliento.

El gran murciélago malo arañó sustancias pegajosas de sus ojos, se puso de pie, y se sacudió. Trozos de pastel volaron por todas partes. Recogió su palo saltador caído, saltó de nuevo sobre él, y comenzó a rebotar de nuevo. Él vio el pequeño descarado murciélago cuyo jinete había lanzado un pastel a él, reuniéndose con sus tres compañeros.

El gran murciélago malo llamo a ellos — No puedes escapar de mi. Soy GRANDE y SOY MALO.

Se lanzó por el pasillo.

Sus seguidores tomaron sus palos saltadores y se dejaron caer desde el techo.

Fueron rebotando después de su líder gritando — ¡Somos GRANDES y somos MALOS y NOS VAMOS A VENIR A BUSCARTE!

La persecución había comenzado. ¡Hoop-diddy! ¡Hoop-diddy! ¡Hoop-diddy!

Juan Mateo y su amigos montados en sus murciélagos volaron por el camino acompañante de la nave estelar negro, el estruendo de los zancos de sus perseguidores resonaron en sus oídos.

Juan Mateo deseaba saber su camino alrededor de la nave. Su teléfono del jinete murciélago sonó. Arrebató su teléfono de su bolsillo — ¿Si? — él dijo.

— Tome el tercer túnel de la izquierda, el uno con las cosas azules espeluznantes.

¿Quién es eso? — dijo Juan Mateo, frunciendo el ceño.

— Brumoso.

— ¿El murciélago de Addison Carter?

— Si.

— ¿Puede hablar con Addison Carter?

— Más tarde. Tome el túnel azul. Confía en mi. Conozco esta nave estelar como las venas de mis alas.

Juan Mateo condujo a Bulmer al túnel azul — El gran murciélago malo ha seguido a nosotros.

— Tenga cuidado de un tubo de gravedad rodeado por las babosas.

— Ya lo veo.

— Entrar y vaya hacia abajo. Nos encontramos en la bodega.

Juan Mateo voló con Bulmer en el tubo de la gravedad.

El gran murciélago malo rebotó después de él.

El tubo de la gravedad estaba decorado de tamaño natural de imágenes en movimiento del gran murciélago malo montado en su palo saltador de piedras preciosas y saludando con adoración a las multitudes.

Juan Mateo y sus amigos cayeron de cabeza sobre sus talones hacia abajo el tubo de gravedad.

Los murciélagos extraterrestres no vuelan — dijo Joshua Ryan a Juan Matreo a medida que cayeron.

Juan Mateo y sus amigos pegaron el fondo del tubo.

— Ellos tienen alas — dijo su murciélago Ahumado pensativamente.

— Se olvidaron como usarlas — dijo Emilia Carlota.

Brumoso les estaba esperando. Pulsó el botón de GRAVEDAD INVERTIDAD y el gran murciélago malo fue succionado de Nuevo por el tubo.

¡Rápido! — dijo Brumoso — Antes de que ellos regresen. ¿Qué hacemos?

Llévenos a su jinete — dijo Juan Mateo — Llévenos a Addison Carter.

— ¡Por aquí! — dijo Brumoso.

Ella voló a una velocidad vertiginosa entre los montones de palos saltadores.

Los jinetes murciélagos se estrellaron a través de una puerta abatible hecha de paño verde.

— Aquí es donde viven los esclavos — dijo Brumoso.

Addison Carter estaba en su camarote abrillantando el casco del gran murciélago malo El miro hacia arriba cuando los jinetes murciélagos se irrumpieron — Era hora que usted el montón se presentaron — dijo.

— Me recuerdo de usted — dijo Joshua Ryan — Usted es Addison Carter, el capitán de la nave estelar que renunció a su nave para irse a otro mundo.

— Usted es el capitán que odia a los murciélagos — dijo Emilia Carlota.

Claro, que odio a los murceélagos — dijo Addison Carter.

— Yo pulo el casco del palo saltador del gran murciélago malo para él, pero él no se lo lleva. Si, gran murciélago malo. No, gran murciélago malo. Que tengas un buen día, gran murciélago malo. Un maldecir sobre gran murciélago malo y sobre todo sue specie. ¡Murciélagos! Yo los desprecio. Me alegro verte de nuevo, Brumoso. No es nada personal.

— Te he echado de menos, Addison Carter — dijo Brumoso — Aquí está un amigo suyo.

— Juan Mateo — dijo Addison Carter — dejando el casco del palo saltador y levantándose a tomar a Juan Mateo de la mano — ¿Has venido a rescatarme?

¿Cómo está mi nave estelar?

Si, hemos venido a rescatarte — dijo Juan Mateo — y se alegra saber que los reparaciones a la nave Artibeus ha sido completado. Ella es una buena nave. Pero ¿qué de usted? Usted etaba en su camino a visitar un mundo llamado Mormoops.

—Mormoops está dirigido por un murciélago.

Juan Mateo levantó las cejas — ¿El gran

murciélago malo?

— Si. La primera cosa que el gran murciélago malo me dijo fue — ¿Cómo te atreves a montar en la parte trasera de un murciélago? Los murciélagos no son para ser humillados. No tendremos esclavitud aquí. Por lo tanto, como un tonto, me bajé de la espalda de Brumoso, y desde ese momento yo era el esclavo del gran murciélago malo — Addison Carter empujó el casco del palo saltador lejos de él con disgusto.

— Pero ¿Por qué has venido aquí gran murciélago malo a nuestra planeta? — preguntó Juan Mateo.

— Él ha venido — dijo Addison Carter — para cortar todo los árboles Yumi y convertirlos en palos saltadores. Él lo hará también — Addison Carter bajó la voz — Él tiene grandes maquinas.

¿De qué tiene miedo el gran murciélago malo? — preguntó Juan Mateo.

— Él tiene pesadillas — dijo Addison Carter — Tengo que traerlo una bebida caliente en el medio de la noche.

¿Pesadillas? — dijo Juan Mateo.

Él sueña como si fuera cuando era un murciélago bebé — dijo Addison Carter — En la cama con un fiebre, y vio a su juguete de tigre mirándose a través de la ventana de su dormitorio.

— Necesitamos un pequeño tigre — dijo Juan Mateo, y apretó el botón rojo de la alerta de los murciélagos en su teléfono — ¿Akihito Akemi? Despegue con tiempo mínimo el escuadrón. Su misión es de encontrar a Baagh la tigresa. Necesitamos la ayuda de su cachorra Kiti. Pídale a reunirse con nosotros afuera de la casa del señor Semillas.

— Escucho y obedezco, comodoro del aire.

— ¡Escuadrón número uno! ¡A la sala del centenar de murciélagos! ¡Prepare los catapultas de vapor! ¡Comience la caza del tigre!

Juan Mateo cerró su teléfono con un chasquido — Así que él está tras de nuestro árboles.

— Sus máquinas destruirán los árboles — dijo Vesper — y entonces no tendrán más ninguna fruta Yumi, y morirán de hambre. Escucho su palo saltador que viene.

— Salta en la parte posterior de Brumoso, Addison Carter — dijo Juan Mateo — Nos vamos a volar a un lugar en donde el gran murciélago malo no nos puede seguir.

— Hay una cámara prohibido en la proa de la nave, una habitación con una puerta de oro — dijo Addison Carter — Ellos lo llaman el Habitación de los Secretos.

El gran murciélago malo irrumpió en la cabina, montado en palo saltador — ¡Soy GRANDE, soy MALO y te TENGO! — exclamó.

— ¡Oh no! Usted no nos tiene, Gran Murciélago Malo — dijo Juan Mateo, y los cinco jinetes murciélagos se precipitaron juntos pasando por las cabezas del gran murciélago malo y salieron disparando de la cabina.

Annabella Sue pellizcó al pasar la nariz del gran murciélago malo — Usted es TRISTE, y estás LOCO, y voy a decirle a mi PADRE — ella grito — Mi papa le convertirá en una Banana Split.

¿UNA BANANA SPLIT? — rugió el gran murciélago malo.

Los jinetes murciélagos volaron al ojo de la nave estelar negro. ¡Miran! — dijo Brumoso — ¡Hay una puerta de oro!

Juan mateo saltó de nuevo en la espalda de Bulmer y buscó a tientas la llave de oro que el señor semillas le había dado. Se deslizó la llave de oro en la puerta de oro.

— Estoy girando la llave — dijo.

— ¡Alto! — gritó el gran murciélago malo — Usted no puede entrar allí.

¡Siseo!

La puerta de oro rodó lateralmente y desapareció en el mamparo mientras que Juan Mateo sacaba la llave de la cerradura.

Joshua Ryan, Emilia Carlota, Annabella Sue y Addison Carter y los murciélagos cayeron en la habitación de los secretos. Bulmer se lanzó tras ellos.

Juan Mateo saltó detrás de él y pulsó el botón de la CERRADURA DE LA PUERTA.

¡Siseo!

La puerta de oro rodó de vuelta de la mampara y se encerró. Hubo un golpe sordo cómo de un sonajero cuando el gran murciélago malo golpeaba la puerta del otro lado.

— Puede que no tengamos mucho tiempo — dijo Juan Mateo.

Ellos estaban dentro de una esfera de oro. Un reloj de arena dorada flotaba en el corazón de la habitación.

— ¿Qué puede ser? — preguntó Emilia Carlota.

— Supongo que se trata de un rayo de la muerte — dijo Vesper.

Los rayos dorados del reloj de arena hicieron manchas brillantes en las paredes de oro.

— ¿Alguna vez ha estado el gran murciélago malo aquí? — Joshua Ryan quería saber.

— Él no tiene una llave de la puerta — dijo Addison Carter.

La puerta se sacudió. Se oyeron el grito de un orden del gran murciélago malo.

Juan Mateo tomo una decisión — Quiero el reloj de arena.

— Uh! ¿Estás usted seguro de que esta es una buena idea, Juan Mateo? — pregunto Bulmer mientras se abalanzó hacia el corazón de la sala.

Juan Mateo extendió con su mano libre y se apoderó del reloj de arena de oro. Se sentía caliente y hormigueante.

— ¡Zas! — dijo Bulmer — Tenemos esa cosa de oro.

Bulmer se lazó el lazo.

La arena brillante de oro comenzó a caer desde la parte superior del reloj en la parte inferior.

La sala de secretos oscureció.

— ¡Dios mío! — dijo Vesper débilmente — Tengo la sensación de hundimiento sobre esto.

Un bosque tropical se formó a su alrededor. Feos murciélagos se deslizaban de un tronco a otro. Una criatura invisible abucheó. Otra criatura chilló como un búho. Un murciélago malo antiguo apareció colgado boca abajo por los pies de una rama.

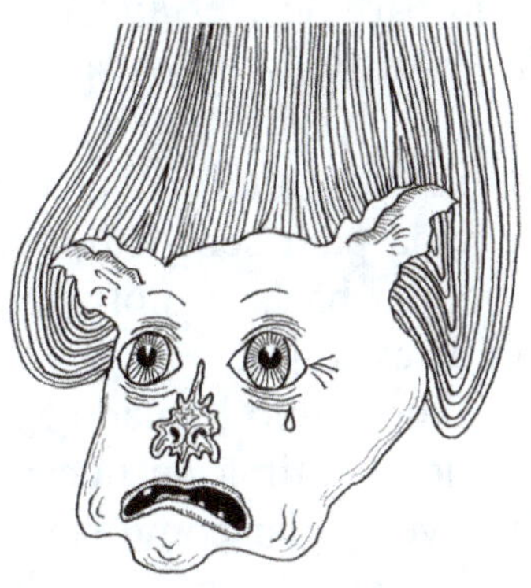

— Mis compañeros murciélagos, ella dijo con voz temblorosa. Este es el bosque en dónde hemos nacido. Hace mucho tiempo, cuando nuestro mundo de Mormoops era joven, nos arrastramos debajo de los árboles y nos construimos nosotros mismos las casas de murciélagos con sillas de murciélagos y con camas de murciélagos. Pensábamos que éramos listos. Los murciélagos nunca habían vivido en casas antes. Pero para construir nuestras casas y nuestros muebles cortamos muchos de nuestros árboles.

El bosque tropical se derritió, y por un ventana triangular Juan Mateo y sus amigos vislumbraron una cuidad al revés de los murciélagos engalanados con formas de rastreo suspendido. No había ni un árbol para ver visto.

— A continuación hemos construido una nave espacial para que podemos navegar entre las estrellas — el viejo murciélago zumbaba — para ensenar a los de otros mundos a ser tan grande y malo como nosotros. Sin embargo, en nuestro afán de superarnos, cortamos *todos* los árboles, el aire de nuestro planeta creció delgada y difícil de respirar — Él viejo murciélago tosió.

La cuidad de los murciélagos desaparecieron. Ahora no había nada para ser visto, pero las dunas de arena que se extendía hasta el horizonte bajo un cielo oscuro salpicado de estrellas.

— Un murciélago sabio llamado Meneo salvo unas cuantas semillas de la última de nuestros árboles y se estableció en la nave estelar como siembra las semillas en otros mundos y enseñó a los habitantes de esos mundos para cuidar de los árboles que surgieron. Ustedes, mis hijos, son los descendientes de Meneo. Este buque negro es la vasija que enviamos a los distintos mundos para sembrar. Ya no podremos volar en el aire de nuestro propio mundo. Adiós, hijos míos, y buena suerte.

Las imágenes se desvaneció. Exactamente una hora había pasado.

Juan Mateo sacó su teléfono y le dio una serie de órdenes.

Un lejano estruendo sacudió la nave.

— Se han puesto en marcha los motores de las máquinas — dijo Addison Carter.

— Cuando golpeo este botón de DESBLOQUEO DE PUERTA — dijo Juan Mateo — saltando de nuevo en la espalda de Bulmer, quiero que todos vuelan afuera de la nave lo más rápido posible. — ¿Todos listos? — ¿Y tú Juan Mateo? — preguntó Emilia Carlota.

— No te preocupes de mí — dijo Juan Mateo — Voy a estar bien.

— Estamos listos — dijo Joshua Ryan y su murciélago Ahumado, zumbando en el círculo cerrado alrededor del recinto de oro.

Estamos listos, también — dijo Emilia Cartlota en su murciélago Vesper — en caso de que alguien está interesado.

¡Presione el botón! — dijo Annabella Sue, y voló directamente hacia la puerta.

¡Hazlo! — dijo su murciélago Hula.

Juan Mateo empujo el botón de DESBLOQUEO DE LA PUERTA. ¡Siseo! La puerta de oro rodó a un lado. El gran murciélago malo rebotó dentro.

— Todos ustedes son mis prisioneros — dijo.

— ¡Gran Banana Split! — dijo Annabella Sue — ¡Lástima que no puedes volar!

El gran murciélago malo estaba furioso. El dio un gran saltó en su palo saltador y se golpeó la cabeza en el techo.

¡Aaah! — rugió el gran murciélago malo.

— Usted debe haber llevado su casco — dijo Addison Carter — ya que él y Brumoso hicieron su escape.

El gran murciélago malo cayó al suelo. Él perdió su control sobre su palo saltador.

— Gran malo nadie — dijo Emilia Carlota — volando fuera de la puerta.

El gran murciélago malo se puso de pie — ¡Vuelve! Soy GRANDE y soy MALO.

— Y usted está LOCO — dijo Ahumado.

Joshua Ryan siguió a sus amigos fuera de la habitación.

El gran murciélago malo volvió hacia Juan Mateo y Bulmer, que estaban agachados juntos en la puerta.

— ¡Devuélveme mi bastón! — dijo con ojos saltones.

¿Es ésta su palo? — dijo Bulmer — ¿Cómo haces que funcione?

— Pongo los pies en las barras, me aferro a las manijas, y estiró las pernas — dijo el gran murciélago malo.

¿De esta manera? Bulmer salto sobre el palo saltador del gran murciélago malo, agarró el palo por el mango, metió los pies en las barras y pateó tan fuerte como pudo.

El palo saltador saltó por encima de la parte superior de la cabeza del gran murciélago malo, llevando a Juan Mateo, Bulmer y el reloj de arena del agarre del gran murciélago malo.

— ¡Hoomp-diddy! — dijo Bulmer — Esto es divertido. ¡Me gusta palos saltadores!

— Mejor que me das el palo a mí, Bulmer — dijo Juan Mateo. Los cinco jinetes murciélagos volaron fuera de la nave estelar y al aire fresco.

Una máquina rebotó después de él.

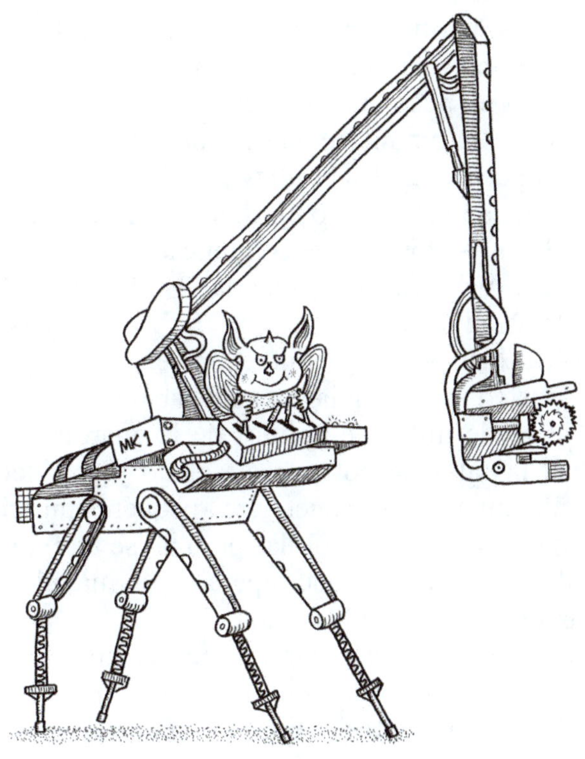

¡Hoomp-diddy! Hoomp-diddy!

La máquina tenía el tamaño de una torre de oficinas. Se detuvo un momento tambaleando sobre los dos piernas de palos saltadores gigantes, y luego, cuando el murciélago se colgó de la máquina del asiento del conductor, el tiro una palanca, la máquina comenzó a saltar hacia un árbol Yumi, desplegando unas piernas largas de metal con puntas de sierras circulares.

— Esto es el Comodoro del Aire Juan Mateo — dijo Juan Mateo en el teléfono del jinete murciélago — Los árboles Yumi están bajo ataque. Todos los jinetes efectuarse una reunión especial conmigo — Apretó el botón que le puso en contacto con su propia nave especial — ¡Comunicaciones! Póngame en contacto con el emperador de las polillas.

— Sí, capitán — dijo el oficial de comunicaciones del Artibeus — Poniéndote comunicado.

— Su magnificencia imperial — dijo Juan Mateo — ¿Está usted listo?

— Si, Juan Mateo — dijo el emperador.

— Usted puede enviar su gente abajo.

Ciento de miles de polillas de la guardia imperial agitaban las alas de polvo hacia abajo y establecieron en la máquina del conductor, el pequeño murciélago malo, que encontró las polillas pero no se atrevió soltar las palancas con las que operaba la máquina. Las polillas se metieron en los oídos.

Las polillas se arrastraron sobre sus ojos.

— ¡No puedo oír! — dijo — ¡No puedo contigo! ¡Basta ya! ¡Vete tontos polillas! — dijo.

Una polilla se arrastró dentro de la boca del pequeño murciélago malo. El pequeño murciélago malo soltó las palancas.

Las máquinas se tropezó con un raíz del árbol, cayó en el dorso del más allá, pegó contra una piedra y se partió en dos.

— Gracias — dijo la polilla y sacudió las alas para secarlas. Ella se fue volando para reunirse con sus colegas polillas.

El pequeño murciélago malo saltó en su palo saltador. ¡Hoomp-diddy! ¡Hoomp-Diddy! Desapareció en una cueva.

— Sus polillas eran valientes — dijo Juan Mateo.

Yo veo una segunda máquina que viene — dijo el emperador.

El medio murciélago malo se colgó en el asiento del conductor de su nuevo cuarto mark matar-un-árbol cosechadora con Eezee-think. La máquina no tenía palancas. Cuando quería que la maquina se le haga algo sólo tenías que pensar hacer esa cosa, y la máquina hacía lo que querías. Iniciar la sierra eléctrica, pensó el murciélago malo de tamaño mediano. La máquina leyó sus pensamientos y empezó sus sierras eléctricas.

Saltar hacía adelante, pensó el murciélago malo de tamaño mediano.

El murciélago malo de tamaño mediano paso un peine por su pelaje y se aplicó un poco de brillo en los labios. Funcionando la maquina era fácil con Eezee-think. Si ella quería que su máquina suba a la cima del árbol más alto, para ver, estaba segura de que haría exactamente eso.

Su máquina podía leer sus pensamientos y se subió al tronco del árbol más alto que podía ver. En la parte posterior del árbol, se encontraba un jardín de árboles.

— ¿Has venido a matarme? — dijo una vez profunda.

El murciélago mediano vio un rostro arrugado.

— ¿Quién es usted? — ella preguntó.

— Mi nombre es Boris. Soy el árbol cuyo tronco usted acaba de subir. Esto es mi jardín en la copa de los árboles. Espero que usted gusta mis cisnes. ¿Le importaría probar unos de mis frutos?

— Ellos huelan maravillosa — dijo el mediano murciélago malo.

— Desciende de la máquina y le daría una.

El mediano murciélago malo desabrochó el palo saltador, saltó sobre ella y se bajó a una rama del árbol. ¡Hoomp-Diddy! ¡Hoomp-Diddy! Ella rebotó a lo largo de la rama.

Los cisnes en el estanque de roció siseaban a ella y erizaron sus plumas.

— Antes de darte este fruto, me prometes salvar las semillas — preguntó Boris.

— Yo prometo — dijo el mediano murciélago malo.

— Esta es madura y jugosa — dijo Boris — y ofreció al mediano murciélago malo una fruta calentada por el sol con su mano de ramitas.

— Su fruta está en forma de estrellas — dijo el mediano murciélago malo, volviendo el fruto sobre las garras. Ella lo mordió. — E-es delicioso — ella dijo con la boca llena.

Tengo curiosidad — dijo Boris — ¿Cómo se controla esa máquina tuya? No veo ninguna palanca.

El mediano murciélago malo se echó a reírse. Era gracioso hablar con un árbol. La idea de que su árbol de la máquina de comer caminando el extremo de la rama le hizo reír. Boris era un árbol de una milla de altura y su máquina de comer arboles no se sobreviviría tan gran caída.

— Mejor no pensar en mi máquina de hacer algo como eso — ella dijo.

— Acaba de hacerlo — dijo Boris.

La marca cuatro de matar-un-árbol cosechadora salió del extremo de la rama. Se desplomó por el aire, agitando sus extremidades y acelerando su sierra eléctrica, golpeó el suelo y se destrozó en mil pedazos.

Los jinetes murciélagos observando aplaudieron.

El mediano murciélago malo saltó al final de la rama y miró hacia abajo. — Aquí viene el gran murciélago malo el mismo — ella dijo — conduciendo una marca cinco.

La máquina del gran murciélago malo dio un brincó desde la nave estelar negra y se balanceó sobre las piernas de Hoomp-Diddy de tamaño de barcos de guerra. El gran murciélago malo giró en sus pies desde el asiento del conductor. Estaba molesto. Su día no se iba bien. Justo había visto a dos de sus mejores máquinas derrumbarse. Tendría que enseñar a este planeta una lección seria. Él se bajaría a todos sus árboles.

Después que tendría que arrastrar a los murciélagos miserables de sus cuevas y enseñarles a ser civilizados y a vivir en casas propias.

Y en cuanto a los seres humanos miserables que se habían atrevidos a montar en las espaldas de los murciélagos, él demostraría a ellos que es el verdadero sentido de la esclavitud. Apretó sus agarras. El humo salió por sus orejas.

— Yo soy GRANDE — gruñó.

Gotas de fuego dispararon desde su máquina y de los arbustos estallaron en llamas.

— Y yo soy MALO — dijo.

Las pinzas mecánicas apoderó del raíz de un árbol y se lo arrancó al suelo. Las sierras mecánicas gritaban y la raíz del árbol cortó el árbol en dos.

— Y yo soy un MURCIELAGO — rugió, y envió un carnero de acero disparando hacia delante de los pistones. El carnero clavó en el tronco más cercano del árbol Yumi. El árbol Yumi se estremeció. Docenas de frutas de Yumi vinieron hacia abajo aplastándose.

El gran murciélago malo lamió los labios. Podía probar el jugo de la frutas.

¡Ha-hah! — dijo el gran murciélago malo — ¡Eso te enseñará quien es el amo!

Boris dio un gemido. Hubo una agitación fuerte de las extremidades y un suspiro de la hojas a lo largo del bosque, como si el golpe que le había entregado al gran murciélago malo a uno de su especie había conmocionado a todos los demás árboles.

El gran murciélago malo frunció el ceño. ¿Estos árboles hablan unos a otros? ¿Qué tipo de planeta es este? Miró hacia arriba y vio a cientos de murciélagos en la formación de combate moviéndose a través del aire haciendo movimientos curiosos arriba- abajo con sus alas. Era un espectáculo asombroso. ¡Murciélagos sin palos saltadores! ¿Por qué no caen del cielo? Y la cosa rara era que cada murciélago tenía un jinete humano.

— ¡Deja ese árbol solo! — gritó uno de los jinetes.

— ¡Usted no me puede decir qué hacer! — El gran murciélago malo gritó devuelt — ¡Yo soy el GRAN MURCIÉLAGO MALO!

— Les *estoy* diciendo lo que debe hacer — dijo Juan Mateo, volando en círculos — ¿Has olvidado? Eres entonces un bebe murciélago, y fuiste a la cama con fiebre. ¿Recuerdas que viste?

120

El gran murciélago malo quebró en un sudor — No sé lo que estás hablando — dijo.

— Tenga miedo, gran murciélago malo — dijo Juan Mateo — Tengas mucho miedo.

— ¿Qué estás haciendo? — pregunto el gran murciélago malo, mordiendo a sus garras — A quién está haciendo señales a? — ¿Qué está pasando?

— Usted no quiere saber, gran murciélago malo — dijo Juan Mateo, y apretó los lados de Bulmer con sus rodillas.

— Pero usted va a descubrir — dijo Bulmer, tomando la pista. Bulmer tuvo que batirse sus alas rápidamente para flotar en el aire fuera del alcance de los largos brazos de la máquina del gran murciélago malo.

Una caja de cartón se derivó fuera del bosque.

— Purp — dijo la caja de cartón.

La caja flotó a través del aire hacia el gran murciélago malo.

— ¿Qué es eso? — susurró el gran murciélago malo, mirando a la caja a la deriva hacia él. Se limpió el sudor de su frente con una de sus alas. — ¡Esto no puede estar pasando! Debo estar soñando.

La caja de cartón flotó más cerca.

— ¿Quieres ver lo que está dentro de la caja? — preguntó Juan Mateo.

— No — dijo el gran murciélago malo — Haz que la caja desaparezca. Eso es un orden.

— Yo no recibo órdenes de usted, gran murciélago malo — dijo Juan Mateo.

Una voz gruñón habló desde la caja: — Yo soy tu tigre juguete.

El gran murciélago malo se mordió los labios.

— Corre por su vida — dijo el tigre.

— No puedo — dijo el gran murciélago malo — Un murciélago me ha robado mi palo saltador.

— Use las piernas — gruñó el tigre.

— ¿Mis piernas?

— Murciélagos pueden rastrear. Arrastrarse hacia la nave.

—¿Yo? ¿El mayor murciélago que ha vivido? ¿Gatear?

— Mírame, gran murciélago malo — gruñó la voz desde la caja.

— ¿Tengo que?

— Si.

El gran murciélago tomó una ojeada rápida.

La cabeza del pequeño tigre había aparecido sobre el borde de la caja — Yo soy PEQUEÑO, pero yo soy ATERRADOR y te estoy MIRANDO POR SU VENTANA — dijo el pequeño tigre.

El gran murciélago malo se cubrió con sus alas y se echó a llorar — ¡Quiero a mi mamá! — él lamentó.

Dos cientos murciélagos sobre palos saltadores rebotaron fuera de la nave estelar negra para salvar a su líder. Se arrastraron al gran murciélago malo de su asiento en la máquina marca cinco y lo llevaron a bordo.

Cuando la puerta de la nave estelar negra comenzó a cerrar, Juan Mateo escuchó al gran murciélago malo gritar — ¡Yo no voy a renunciar, Juan Mateo! ¡Usted espera! ¡Yo soy GRANDE, y soy MALO, y voy a estar de VUELTA!

La nave estelar negra despegó y se dirigió hacia el espacio.

— ¿Te encuentras bien? — preguntó la madre de Juan Mateo.

— Estoy bien — su hijo respondió — gracias a Bulmer, que robó el palo saltador del gran murciélago malo.

— Todos ustedes son heroes — dijo el padre de Juan Mateo — Bien hecho, Juan Mateo.

— Siento mucho lo de Boris. Debe haber sido dolorido para el tener su raíz aserrada.

— No te muevas, Boris — dijo el señor Semillas.

— Yo soy un árbol — dijo Boris — Los árboles son buenos para mantener quietos.

Juan Mateo sostuvo la lámpara más cerca. Nunca antes había visto una operación. Parte de él quería ver lo que estaba haciendo el señor Semillas y parte de él no quería ver.

Con un cuchillo afilado el señor Semillas hizo una hendidura en forma de V en la parte de la raíz todavía unido a Boris. — ¡Ahí esta! — dijo. Se secó la savia del árbol de su cuchillo con un trapo — Ahora concedemos la raíz cortada.

— ¿Cómo? — pregunto Juan Mateo, tragando.

— En primer lugar, nos formamos el fin de la raíz recortada en forma de cuña para encajar en la hendidura en forma de V — dijo el señor Semilla, desarticulando — Allí. Ahora nos deslizamos la cuna con cuidado dentro de la grieta. ¿Puedes ayudarme, por favor Juan Mateo? Te necesito para mantener las dos partes de la raíz bien juntos.

— ¿De esta manera?

— Aquello haré, gracias. Seguir aferrándose, por favor — El señor Semillas rodó su silla en el taller, buscó en un cajón por una longitud de tejido de la corteza Yumi — Ahora nos unimos las dos partes de la raíz juntos — Él puso un poco de Hacer-Te-Mejor mantequilla en el lugar tierno y luego vendo la venda dando vueltas en la herida.

— ¿Cómo se sienta ahora, Boris? — preguntó, haciendo seguro el extremo de la venda con esparadrapo.

— Se sienta mejo, gracias — dijo Boris.

— Retirar su raíz.

La raíz vendada se deslizó por la ventana como una serpiente apartando.

— El gran murciélago malo dijo algo al salir — dijo Juan Mateo — Dijo que estaría de vuelta.

— Tenemos su reloj de arena — dijo el señor Semillas.

CAPÍTULO V

El encantado bosque

En la maraña de brazos, piernas y alas Juan Mateo y Bulmer chapotearon al aterrizar en la piscina.

— ¿Estas bien, Bulmer?

Un aterrizaje un poco chungo — dijo el murciélago — Perdón.

¿Qué paso? — dijo Juan Mateo.

— Usted era demasiado pesado para mí llevar.

Juan Mateo miró a su alrededor. La cueva donde vivía se había vuelta más pequeña. Subió corriendo la escalera de cristal a la oficina que utilizó para dirigir las actividades de los seis escuadrones de los jinetes murciélagos. La habitación se había vuelta menos espaciosa, y el techo más bajo. Se golpeó la cabeza contra el dintel. Él frunció el ceño. Los brazos de la silla se había acercado en conjunto, el lápiz sobre la mesa se sentía más delgada. Él tuvo que arrugar los ojos para leer su propia escritura en el tablero de operaciones. — El escuadrón número cinco cosecha la fruta Yumi está noche en el Bosque Viejo.

Bulmer voló en la habitación y se colgó para secarse. El agua goteaba de sus alas plegadas y se formaba un charco en el suelo.

Una niña con un vestido amarillo corrió a la oficina — Quiero ser un jinete murciélago — dijo e hizo una parada de manos.

— Bienvenida a nuestra cueva — dijo Juan Mateo — Yo soy Juan Mateo. ¿Quién eres tú?

— Hannah Brianna — ella dijo, girando en la posición correcta — ¿Dónde está mi murciélago? Necesito un murciélago. Tendré ese uno que está allá arriba, el que cuelga del techo.

— Eso es *mi* murciélago.

— Le voy a compartir con usted, dijo Hannah Brianna — ¿Cómo hago para subir a su espalda?

— Yo te ayudare — dijo Juan Mateo. Él se levantó a Hannah Brianna. Era pequeña y ligera. Él lo dio la vuelta y la colocó en la parte posterior de Bulmer — Ponga los brazos alrededor del cuello del murciélago.

— El murciélago está mojado — dijo Hannah Brianna, frunciendo.

— ¡Agárrate fuerte, Hannah Brianna!

— ¡Wooee! — ella dijo.

El murciélago y la niña navegó a través de la sala de color amarillo limón musgo.

Juan Mateo se acordó de su propio vuelo salvaje en la parte posterior de Bulmer, cuando él había llegado la primera vez a la cueva de Oomba. Desde entonces él y Bulmer habían volado al dorso del más allá, exploraron la Luna loca, se zambulleron en el Canon del Gato Grande y corrieron a través de los tubos de lava de la Pluma. Habían estado en la fosa de Mormoops, se atrevieron a la guarida del leopardo de Kanji, y expulsaron al Gran Murciélago Malo. Iba a ser extraño de no tener a Bulmer para montar. Él iba a echarlo de menos. Se preguntó dónde Bulmer había llevado a Hannah Brianna.

Bulmer había volado a Hannah Brianna a su casa y había encontrado a sus padres sobre el césped, hablando con los padres de Juan Mateo.

— Él se va ser mi murciélago para siempre y siempre. Su nombre es Bulmer —dijo Hannah Brianna.

— ¿Pero lo de Juan Mateo? — preguntó el padre de Juan Mateo — Bulmer solía ser su murciélago.

Juan Mateo se preguntaba la misma cosa mientras se hacía su camino hasta el comedor. El chef Wandor se encontraba de visita de la nave estelar el Artibeus, y maravillosos olores llenaba el aire. Juan Mateo se frotó sus manos juntas mientras se sentaba en el banquillo junto de su amiga Annabella Sue — ¿Qué vamos a comer?

— Nariz de alce en gelatina y magdalenas de botas escarchadas — dijo Annabella Sue.

Un murciélago de la cocina llamado Pipi voló bajo sobre sus cabezas y puso una fuente de nariz de alce en gelatina sobre la mesa delante de ellos.

— Gracias, Pipi — dijo Juan Mateo, ayudando a sí mismo a un pedazo — ¡Mmm! No está mal.

Después de que él había terminado su postre de magdalenas de botas escarchadas, subió la cuerda a la sala de reuniones. La Luna loca estaba llena y llenó la sala de reuniones con luz.

Bulmer hizo un aterrizaje torpe en el escenario y dejo deslizar a Hannah Brianna de su espalda.

— ¿No me olvidará, Bulmer? — preguntó Juan Mateo.

— Yo no te olvidaré — dijo Bulmer — ¿Me olvidarás?

— Nunca en un millón de años.

— Bueno-bien — dijo Bulmer.

— Bulmer, antes de darte un abrazo de despedida, quiero presentarte con esta medalla que me dio mi capitán del grupo. Juan Mateo pescó la medalla de su bolsillo.

— Meta adentro sus alas, querido Bulmer y trata de parecer serio. Esto es una medalla por ser el mejor murciélago en el mundo entero. Él colgó la medalla alrededor del cuello de Bulmer — Aquí — dijo.

Bulmer miró a su medalla. Miró a la audiencia. Sus ojos se volvieron grandes y redondos.

Los jinetes murciélagos sentados en las curvas hileras de la sala de instrucciones estamparon sus pies.

— Preferible no mantener a su nuevo jinete esperando, Bulmer — dijo Juan Mateo, intuyendo de qué se trataba de un momento crucial en su vida. Recientemente su maestra la señorita Flor Bonita le había dicho su fortuna — Una noche, verás tus sueños volar lejos — ¿Era está la noche en que había profetizado? Se sentía como era. Se sentía raro.

Había perdido tanto su murciélago y su mando. De repente él no era nadie. Él no tenía a dónde ir y ni nada para hacer. Él ya no le importaba. Otros niños y niñas más jóvenes, cuidarían a sus escuadrones de jinetes murciélagos ahora. Se enderezó los hombros y se aclaró la garganta — Jinetes Murciélagos de Oomba — él dijo — dirigiéndose a los que estaban sentados delante de él. Estoy orgulloso de ustedes y más orgulloso aún de haber servido como el líder de su escuadrón y de su comodoro.

Cuando los aplausos terminaron, miembros de la audiencia llevaron a Juan Mateo al bosque viejo en su hamaca.

Este se había convertido en una tradición entre los niños y niñas quienes cosechaban la fruta Yumi. Los jinetes murciélagos que habían crecido demasiado grande para volar sus murciélagos fueron llevados al Bosque Viejo y abandonado allí en el Bosque Encantado en la noche de la Luna llena. Nadie sabía por qué esto fue hecho, ni qué fue de los que no regresaron a sus hogares y a sus padres.

Ellos dejaron a Juan Mateo en la base de un árbol grande en el bosque encantado. A la luz de la Luna loca Juan Mateo vislumbró los pilares del mundo. Los pilares eran tan amplios que apenas podía detectar su curvatura. Juan Mateo se preguntó cuántas horas se tardaría en recorrer uno de ellos. En algún lugar entre estos gigantes árboles debe permanecer el mayor de todos los árboles Yumi, Primera Semilla ella misma. Había oído hablar de Primera Semilla en la escuela y tenía la esperanza de conocer y cuestionar a ella algún día, pero ahora eso parecía poco probable.

¡Qué vergüenza! Podría haber aprendido tanto de Primera Semilla.

El sentía solo en el bosque encantado. Durante un tiempo encontró consuelo en la compañía de un ratón de madera. Después de que el ratón se fue hacer sus negocios, escuchó los gritos de los murciélagos y sus jinetes forrajeando la fruta Yumi en los jardines de los árboles elevados de una milla, pero vino un gran batir de alas en los que los recolectores regresaron a la cueva, y Juan Mateo apretó los puños. Esperaba quienquiera que estaba a cargo de haberle recordado a contar los jinetes murciélagos y para asegurarse de que ningún jinete ni murciélago era dejado atrás. Tenía frio. Se estremeció. No le gustaba estar en la oscuridad, aun cuando la Luna estaba llena.

Una caída de la fruta Yumi golpeó rama tras rama, ya que cayó hasta aterrizar por fin con un golpe suave en el suelo del bosque cubierto de musgo. Después de eso, el bosque quedó en silencio. Se puso de pie en el parche de luz de la Luna y esperó. Se sentía tonto, por sí mismo. ¿Qué estaba esperando? ¿Lo que se suponía que debía hacer? ¿Qué fue de los jinetes que crecieron demasiado grandes para sus murciélagos y fueron dejados aquí solos en este bosque extraño?

Echaba de menos su trabajo.

Como el Comodoro del Aire, se había quejado de tener demasiadas responsabilidades, y tener que recordar los nombres y caras de todos los murciélagos y jinetes en sus escuadrones y en su escuela. Se había quejado, incluso por tener que cuidar a tantas personas a la vez. Ahora nada de eso importaba ya.

Echaba de menos a sus padres.

Sus padres no tenían idea de que estaba aquí fuera por sí mismo, a menos que Bulmer o Hannah Brianna les habían dicho. Había estado demasiado avergonzado como para llamar a su mamá y su papá sí mismo. Él no había querido que sepan que ya no era el Comodoro Aéreo.

Echaba de menos a sus amigos.

Deseaba que Joshua Ryan estuviera aquí para decirle cómo encontrar su camino a casa. Joshua Ryan era muy hábil con los números, y sabría cómo utilizar su reloj del jinete murciélago para señalar a la manecilla de horas a la Luna, y averiguar cuál era el camino hacia el norte.

Le encantaría escuchar la risa de Emilia Carlota. Emilia podría pensar que un jinete murciélago que era demasiado grande para montar su propio murciélago era un puntazo, y le diría alguna broma tonta al respecto.

A él le gustaría hablar con Annabella Sue de nuevo. Ella le miraría a los ojos y diría — ¿Bueno Juan Mateo? ¿Supongo que has pensado una manera de salir del bosque? — a las que él respondería sin convicción

— Estoy pensando en algo.

Por encima de todo, extrañaba a su murciélago Bulmer.

Había sido la culpa de Juan Mateo de que él había vuelto demasiado pesado para Bulmer llevar. Se había comido demasiados pasteles y había subido de peso. Hannah Brianna sería una carga más ligera. Él esperaba que ella y Bulmer tuvieran muchas aventuras maravillosas.

Oyó aullar un lobo.

¡Wow-ooo-raa-ah!

Oyó otros lobos unirse a los aullidos.

¡Wow-ooo-raa-ah! ¡Wow-ooo-raa-ah!

Juan Mateo se mordió las uñas.

¡Lobos!

Chiflado, el líder de los lobos, se detuvo para olfatear el suelo, su pelaje reluciente de plata en la Luna. Su esposa Loó corrió a su lado.

— Loó — él dijo — ¿Huelas lo que huelo?

Su esposa se humedeció sus labios — Magdalenas de botas de escarchas. Debe ser un jinete murciélago.

Chiflado saltó por encima de un árbol caído — Voy a comer el jinete murciélago, y tú puedes tener a su murciélago.

Loó sonrió — ¡Wow-ooo-raa-ah! — ella aulló. A ella le gustaban los murciélagos. Eran crujientes.

Chiflado y Loó echaron a correr. Sus seis hijos e hijas se aceleraron al ritmo de ellos. Lobos cazan en manadas familiares. Comienzan a cazar al anochecer y continúan hasta que el hambre está satisfecha.

Se sacian de ratones de pradera y liebres de raquetas de nieve, pero a veces se hacen frente a presas más grandes.

El hijo mayor de Loó, Bonkers, quería ir al frente.

— Estas pisando mi cola, Bonkers — dijo Chiflado.

— Fuera de mi camino — dijo Bonkers — Yo quiero ser el Señor de los Lobos.

— No hables con tu padre de esa manera, Bonkers, — dijo su madre — Él es el macho Alfa.

— Voy a ser el macho Alfa un día — dijo Bonkers.

— No si pisas la cola de tu padre — dijo su madre — Ahora oigamos su aullido.

— ¡Woo-ooo! — dijo Bonkers.

— Eso no asustaría a una araña — dijo su madre — Usted tiene que decir. Escúchame: ¡Wow-ooo-raa-ah! ¡Wow-ooo-raa-ah!

— ¡Wow-oo-ra! — dijo Bonkers — Pensé que estábamos pretendiendo ser ovejas.

Los lobos saltaron sobre un arroyo.

En el bosque encantado, Juan Mateo salió a la luz de la Luna y se agazapó en las sombras, dónde sería más difícil de ver. Sus orejas tensas.

— Fue en algún lado por aquí que lo pusieron hacia abajo — dijo la voz.

— ¿Qué dijo el lobo al jinete murciélago? — dijo la segunda voz.

— Ha sido agradable roerte — dijo un tercero.

— Ahí está — dijo la primera voz — Él todavía está vivo. ¡Hola, Juan Mateo!

— ¿Annabella Sue? — dijo Juan Mateo — Yo no lo creo. ¡Y Emilia Carlota y Joshua Ryan!

— ¿Qué están los tres haciendo aquí en el medio de la noche en el bosque encantado? ¿Dónde están sus murciélagos?

— Joshua Ryan nos convenció — dijo Annabella Sue.

— No queríamos dejarte solo — dijo Emilia Carlota.

Joshua Ryan consideró a Juan Mateo seriamente y dijo — Científicamente hablando, si tu murciélago Bulmer no puede transportarte debido a que has crecido demasiado pesado para él, lo mismo debe ser cierto para mi murciélago Ahumado, el murciélago Vesper de Emilia Carlota, y el murciélago Hula de Annabella Sue.

— ¡Es verdad! — dijo Juan Mateo — No podemos dejar de crecer.

— Es por eso que pedimos a nuestros murciélagos que nos vuelan aquí y nos dejan — continuó Joshua Ryan — Nuestros murciélagos deben estar de vuelta en la cueva ahora.

— No fue fácil despedirse de ellos — dijo Annabella Sue — por lo que esto más vale que sea buena, Juan Mateo.

— Ustedes han llegado justo a tiempo — dijo Juan Mateo.

¡Wow-ooo-raa-ah! ¡Wow-ooo-raa-ah!

— ¿Qué es eso? — preguntó Emilia Carlota.

— Lobos — dijo Juan Mateo — Viniendo a comernos.

— Debe haber un lugar para esconderse — dijo Emilia Carlota, mirando a su alrededor con esperanza.

— Esconderse no ayudaría. Los lobos cazan por

el olfato, Joshua Ryan, le recordó.

— ¿Su plan, Juan Mateo? — dijo Annabella Sue.

— No hay nada que ocultar, donde los lobos no nos van a encontrar — dijo — a menos que

— ¿A menos qué?

Juan Mateo tomo su teléfono del jinete murciélago de su bolsillo — ¿Artibeus? Ah, Cristal. ¿Cómo te va? ¿Todas esas horas en el túnel de viento le ha dado una espalda rígida? Es una lástima. Lo siento mucho por usted. Escucha, Cristal. Necesito que me hagas un favor. Quiero que me pongas en contacto con Primera Semilla, el árbol más antiguo del planeta. ¿Lo harás? Gracias. ¿Primera Semilla? ¿Puedes escucharme?

— Usted debe ser Juan Mateo — dijo una voz — He oído historias acerca de ti.

Los jinetes murciélagos miraron unos a otros. ¿Fue está la voz del árbol más antiguo del mundo? Era una voz fuerte, y segura, una voz que hacía pensar en las cosas que crecen y de la primavera.

— ¿Es que realmente es usted, Primera Semilla? Qué amble de responder a mi llamada. Estoy aquí en el bosque encantado con tres de mis amigos, y una manada de lobos se está acercando a nosotros. ¿Puedes ayudarme?

— ¿Te gustaría experimentar algunos de mis más antiguos recuerdos? — preguntó Primera Semilla.

Juan Mateo puso sus manos sobre el teléfono. — Nos quiere mostrar sus recuerdos.

— ¿Qué significa eso?

— No tengo idea.

— Dile que sí — dijo Annabella Sue.

— ¿Primer Semilla? — dijo Juan Mateo en el teléfono — Sí, nos gusta hacer lo que sea que tienes en mente. Gracias.

— Encontrar un nudo — dijo Primera Semilla.

Juan Mateo cerró el teléfono y se lo devolvió a su bolsillo — Ella quiere que miremos para un nudo.

— ¿Un nudo? — dijo Emilia Carlota ¿Estás seguro de que ella dijo un nudo?

¡Wow-ooo-raa-ah! Wow-ooo-raa-ah!

Los lobos se precipitaron en el bosque, con los ojos brillando de color naranja verdoso.

Manteniendo sus rostros hacia los lobos, los cuatro jinetes murciélagos se pusieron de espaldas al más cercano y más grande de los árboles.

Detrás de su espalda, Annabella Sue exploró la corteza del árbol con la punta de los dedos. Ella encontró un nudo en la madera, y se la apretó con el pulgar. Una brecha apareció entre las dos raíces de apoyo — Hay una puerta — ella susurró.

Los lobos se lanzaron hacia ellos, babeando.

— Abrir la puerta — dijo Juan Mateo — ¡Rápidamente!

Los cuatro jinetes murciélagos se abrieron paso en el interior del árbol y cerraron la puerta detrás de ellos.

Los lobos, engañado de su presa, gimieron y escarbaron en el exterior de la puerta.

— Los lobos saben que estamos aquí. Ellos rayarán y desgarraran hasta que se abren paso en él — dijo Joshua Ryan.

— Entonces tenemos que encontrar otra manera de salir — dijo Juan Mateo, estirando el cuello y mirando hacia arriba con curiosidad. Nunca había estado dentro de un árbol antes.

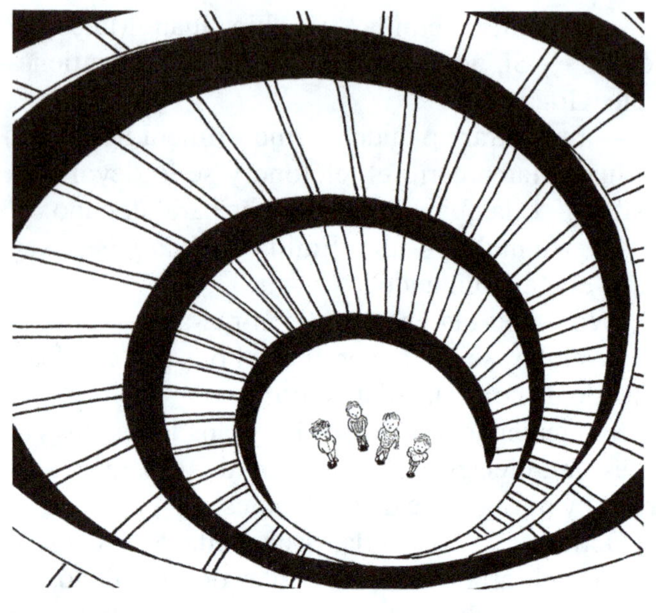

El árbol estaba hueco, y se hizo eco con los gritos extraños. Una rampa ancha, elevándose en espiral, alrededor de la pared interior del árbol, dirigiéndonos su camino hacia arriba. A lo lejos y azul con la distancia, la misma rampa se podía ver subiendo vertiginosamente, como las roscas de un tornillo enorme. Juan Mateo se quedó asombrado.

El escarbando intensificó. Los lobos se abrieron paso.

— ¡Por este lado! — dijo Juan Mateo, y salió corriendo por la rampa. Sus amigos corrieron tras él.

— La vida comienza — dijo la voz de la Primera Semilla. Su voz se oyó desde muy encima de sus cabezas y retumbó en el interior del árbol.

El suelo de la rampa contenía piscinas de vapors

burbujeantes con espuma. En las piscinas, los seres vivos sacudían. Juan Mateo y sus amigos lanzaron a través de una cortina de lechuga de mar, y zarcillos colgantes de jalea que les picaron la cara y manos.

Annabella Sue se tapó la nariz — Sea cual sea la cossa een laa pissccina ees, apeesta — dijo.

— Caldo primordial — dijo Joshua Ryan, reduciendo la velocidad para meter uno de sus dedos en el pegote — Mmm. Tiene un sabor salado.

— Sigue corriendo — dijo Juan Mateo — Debemos estar por delante de esos lobos.

Así siguieron corriendo hacia arriba de la pendiente. El sudor corría por sus frentes y en sus ojos.

— Los peces salen del agua y aprenden a correr, resonó Primera Semilla.

Juan Mateo y sus amigos fueron arrastrados de los pies por un cardumen de peces embustiendo con patas. La tierra empezó a temblar. ¡Algo enorme se acercaba por la rampa hacia ellos! Los peces se pusieron a cubierta debajo los helechos arborescentes.

— Hemos sido enviados de vuelta a un tiempo fuera de mente — dijo Emilia Carlota, admirando el bosque primitivo.

— ¡La edad de los reptiles amanecen! — dijo Primera Semilla.

Un dinosaurio vino corriendo por la rampa hacia ellos.

— Cuenta con tres cuernos en la cabeza — dijo Joshua Ryan.

— ¿Cómo se llama un dinosaurio con tres cuernos en la cabeza? — preguntó Emilia Carlota.

— ¡Ay-y-opteryx! — dijo Juan Mateo.

— Fabricar-te-saurios — dijo Annabella Sue.

— Tricerátops — dijo Joshua Ryan, quien conocía el nombre propio en latín para la criatura.

— ¡Sígueme! — dijo Juan Mateo — ¡Vamos a subir a su espalda!

— ¡Cuidado! — gritó Emilia Carlota.

Saltaron a la seguridad cuando la cola de la bestia se balanceó.

— ¡Eso estuvo cerca! — dijo Annabella Sue.

Dejaron a los Tricerátops atrás.

— Cuando más tiempo arriba en la rampa nos vamos, cuanto más avanzamos en el tiempo — dijo Joshua Ryan, pensando en voz alta — Primero vino el lodo, entonces los peces con patas, luego los dinosaurios.

— ¿Y después los dinosaurios? — dijo Juan Mateo, su pecho agitado. Estaba sin aliento. No era fácil correr en una rampa.

— El mundo se congela — anunció Primera Semilla.

¡Nieve! Juan Mateo inclinó la cara arriba, abrió la boca y sintió las cosquillas de un copo de nieve con la lengua. Sus pies resbalaban. Se deslizó.

Emilia Carlota se volvió azul. Ella cruzó los brazos

sobre el pecho y la agarró por los hombros.

— ¡Birr! — dijo.

— Ponga sus manos abajo sus axilas — dijo Juan Mateo — De esta manera sus dedos se calentarán.

— Gracias, Juan Mateo — ella dijo — Eso se sienta mejor, pero, ¿qué pasa con usted? No tienes frio?

— Ya me arreglaré — dijo Juan Mateo, tratando de detener su castañeteo de dientes. Con suerte la Edad de Hielo no duraría mucho tiempo.

Los jinetes murciélagos hicieron su camino arriba hasta la pendiente de la rampa helada, sus pisadas amortiguadas por la nieve.

— Oigo golpes de pies — dijo Annabella Sue.

Cinco criaturas peludas de dieciséis metros de altura estamparon afuera de una gruta glacial.

¡Waaaayow! ¡Waaaayow!

— ¡Los mamuts lanudos! — dijo Joshua Ryan.

Las criaturas peludas se desvanecieron por la rampa en la tormenta de nieve.

Algo le había sorprendido a esos mamuts.

— ¡Escucha! — dijo Juan Mateo. Él levanto la mano y sus amigos se detuvieron.

¡Hoomp-diddy! ¡Hoomp-diddy! ¡Hoomp-diddy!

— Uh-oh — dijo Emilia Carlota — He escuchado ese sonido antes.

— El sonido viene de aquí — dijo Juan Mateo, y correó hacia el interior de una cueva de una cúpula blanca con un río de color verde hielo corriendo a través de ella. Hubo numerosas caídas de agua en la cueva, un arco natural de piedras, varios túneles y una cascada que se precipitó hacia las profundidades, llevando el agua lejos. Había una gran piscina alimentada por una fuente termal. Los jinetes murciélagos se abrieron paso cuidadosamente a lo largo del borde de la cascada. Al llegar a la piscina, oyeron murmullos feroces.

— ¿Hola? — dijo Juan Mateo, en voz alta — ¿Quién está hablando?

— No estamos aquí — dijo una voz.

— Somos murciélagos malos — dijo otra voz — ¡Vete!

— No necesitamos de usted seres humanos — dijo la tercera voz.

Juan Mateo miro a Annabella Sue.

Annabella Sue enarcó las cejas — Muéstrense

Cuatro caras grandes de murciélagos feos se asomaron a ellos por encima del parapeto de hielo.

— ¿Cuáles son sus nombres? — preguntó Joshua Ryan.

— Mediano Murciélago Malo — dijo el primero.

— Pequeño Murciélago Malo — dijo el segundo.

— Debilucho Murciélago Malo — dijo la tercera.

— Loco Murciélago Malo — dijo el cuarto.

— Deben ser cuatro miembros de la tripulación de la nave negra del Gran Murciélago Malo — dijo Joshua Ryan en voz baja.

— Atrapados aquí cuando la nave negra se fue de prisa, dijo Juan Mateo, asintiendo con la cabeza — Ellos suenan un poco con miedo — Levantó la barbilla — No te haremos daño — dijo.

— No es que nos preocupa — dijo el Loco Murciélago Malo — Es ese aullido que escuchamos.

— ¿Que *hace* ese ruido? — preguntó Debilucha Murciélago Malo — Lo hemos escuchado venir cada vez más cerca.

— Usted está escuchando una jauría de lobos.

— Los lobos han masticado su camino dentro de la Primera Semilla — dijo Emilia Carlota — y están persiguiendo a nosotros. Creemos que planean comer a nosotros.

Los cuatro feos murciélagos gorjearon con ansiedad entre ellos.

— No queremos ser comido — dijo Debilucho Murciélago Malo a lo largo.

— Tampoco nosotros — dijo Juan Mateo. Él respiró profundamente — Unamos nuestros esfuerzos, sugirió.

— ¿Trabajar juntos? — dijo Debilucho Murciélago Malo, sorprendido — ¿Murciélagos y personas?

— ¿Por qué no? ¡Salgan de detrás de la roca, a todos ustedes y estén donde podamos ver! — dijo Juan Mateo.

Los cuatro murciélagos negros vinieron saltando fuera de su escondite, montados en sus palos saltadores.

Se veían muy grande a Juan Mateo, que estaba acostumbrado a la compañía de pequeños murciélagos.

— Nosotros somos cuatro murciélagos malos — dijo el Pequeño Murciélago Malo.

— Podemos usar nuestros palos saltadores (rebote) para ahuyentar a los lobos (rebote) — dijo el Loco Murciélago Malo con suerte.

— ¡Nosotros podemos rebotar directamente sobre sus cabezas! (rebote) — dijo el Debilucho Murciélago Malo.

— Nosotros les debemos asombrar (rebote) con la moda y el estilo (rebote) — dijo el Mediano Murciélago Malo, pintando las unas con Petulancia.

— ¡Ah! — dijo Juan Mateo. Le parecía que estos cuatro murciélagos naufragados, a pesar de su impresionante tamaño, se iban a necesitar su ayuda, y se lo iban a necesitar pronto — ¿Podemos enseñarte a volar? — propuso valientemente.

Los cuatro murciélagos negros pararon de rebotar y miraron a Juan Mateo.

— ¿Qué quieres decir? — dijo el Mediano Murciélago Malo.

— ¿Volar? — dijo el Pequeño Murciélago Malo, frunciendo el ceño.

— Nosotros no somos *pájaros* — dijo el Debilucho Murciélago Malo.

— Nosotros somos murciélagos — dijo el Loco Murciélago Malo. — Nosotros montamos en *palos saltadores*.

— Ustedes *son* murciélagos — dijo Joshua Ryan — y *pueden* volar. Han nacido para volar. Ustedes tienen alas. Piensan en ello. En su propio planeta el aire puede demasiado delgado para el vuelo, pero aquí en nuestro planeta el aire es denso. ¡Adelante! ¡Te atrevo a batir las alas! ¡Vea que sucede!

— Es fácil cuando se sabe cómo — dijo Emilia Carlota, alentando — ¡Pero date prisa! Aquí vienen los lobos.

Wow-ooo-raa-ah! Wow-ooo-raa-ah!

Loopy el macho alfa corrió con su familia hasta la rampa en espiral en el interior del árbol. Él estaba caliente sobre la pista.

Como el líder de la manada, era trabajo de Loopy para encontrar el jinete murciélago que olía a Magdalenas de Botas de Escarchas, pero había todos estos animales que deambularon por la rampa. Algunos tenían cuernos. Él estaba asombrado. — ¿Alguna vez has visto cosa igual? — le preguntó a su esposa.

— Nunca — dijo Loó, sus patas haciendo impresiones nítidas en la nieve fresca, mientras corría junto a su compañero — ¿Somos lobos o qué?

— Voy a derribar uno de ellos las cosas lanudas, — dijo su hijo Bonkers — ¿Sólo una de esas lanudas cosas? ¿Por favor? ¡Apuesto que no me puedes detener!

— Deja solos a los mamuts, hijo — dijo Loó — y hacer que tu padre te dice. Manténgase enfocado. Recuerda que este es una cacería para Magdalenas de Botas de Escarcha.

Los lobos trotaron en una segunda cueva de hielo. Aquí el olor de la magdalena de botas de escarcha era abrumador. Los lobos se miraron entre sí, sus ojos brillantes de color azul verde.

— Extienda hacia fuera — dijo Loopy — ¡Haga como ovejas!

Temblando con la emoción de la persecución, Loopy se trasladó sigilosamente por el suelo de la cueva, su vientre en el hielo — Baaa — dijo — Baaa — Era una oveja.

Pronto se pudo ver los jinetes murciélagos y los murciélagos. Incluso los oía hablar.

— Los lobos vienen — Juan Mateo le estaba diciendo al pequeño murciélago malo — pero me temo que nunca escaparas de ellos en palos saltadores. Si no aprendes a volar, usted va a morir.

— ¿Qué parecen los lobos? — preguntó el Pequeño Murciélago Malo, saltando de su palo saltador, y mirando nerviosamente en los lugares más lejanos de la cueva.

— Enormes perros peludos — dijo Emilia Carlota.

— Con muchos dientes — dijo Annabella Sue — y garras. Alzó las manos, curvó los dedos, escarbó en el aire — ¡Grr! — dijo ella, fingiendo ser un lobo.

Las cosas que se arrastran hacia nosotros se aparecen más a las ovejas que los perros — dijo el Debilucho Murciélago Malo, desabrochando sus brazos falsos y colocándolas junto a su palo saltador en el suelo. Ella no necesitaría sus brazos falsos si no se iba a usar su palo saltador — Vamos a huir.

— Los lobos correrían después de usted — dijo Joshua Ryan.

— Oh, bueno — dijo el Mediano Murciélago Malo, arreglándose el cabello y poniendo el peine lejos en el bolsillo que colgaba de una correa de cuero alrededor de su cuello — Supongo que tendremos que aprender a volar, a continuación — Voy a extrañar a mis brazos falsos.

— Vas a tener que soltar de los brazos falsos y dejar detrás a ellos con los palillos saltadores — dijo Juan Mateo — Brazos falsos sólo estaría en su camino cuando se estás volando. Pero no te preocupes. Cada uno de ustedes tendrá un jinete sentado en la espalda para ayudar.

— ¿Usted nos quiere convertir en bestias de carga? — dijo el Debilucho Murciélago Malo.

— No nos no lo queremos — dijo Juan Mateo firmemente — Queremos ayudarles a escapar de los lobos. Dejan sus brazos falsos y el palo saltador, y voy a subir a su espalda, Debilucho. Mediano Murciélago Malo, tú puedes dar un paseo a Emilia Carlota, ¿y Pequeño Murciélago Malo le importarías ser montado por Joshua Ryan? Lo encontrarás muy sensible. En cuanto de ti, Loco Murciélago Malo, creo que podrías disfrutar de tener a Annabella Sue en su espalda.

— Ella es buena compañía. ¿Todo el mundo listo?

— Se *parecen* a las ovejas — dijo el Pequeño Murciélago Malo.

— Ellos son lobos. Confía en mí. Están tratando de engañarnos — dijo Juan Mateo, y saltó a horcajadas sobre la espalda de Debilucho el murciélago malo — ¡Mueve tus alas, Debilucho! ¡Vamos!

Los ocho lobos abandonaron pretendiendo ser ovejas, gruñendo salvajemente y corrieron hacia los jinetes murciélagos.

Emilia Carlota saltó a la parte posterior de Mediano Murciélago Malo. — Deja de hacer las uñas, Mediano Murciélago Malo. ¡Es hora de despegar!

Joshua Ryan se acomodó en la espalda del Pequeño Murciélago Malo — Un barrido firme hacia debajo de tus alas haría un buen comienzo — dijo.

Annabella Sue apretó a Loco Murciélago Malo con sus rodillas — ¡Vamos a ver lo que tienes, Loco Murciélago Malo!

Wow-ooo-raa-ah! Los lobos saltaron.

Los cuatro murciélagos agitaron sus alas y le dispararon en el aire.

Juan Mateo golpeó la cabeza contra el techo abovedado de la cueva de hielo. Se inclinó hacia adelante y le acarició el cuello de su murciélago — ¡Bien hecho, Debilucho! Ahora mantener esas alas plana y rígida por un momento y ver si tu puedes planear.

— ¿Cómo este? Debilucho se abalanzo sobre las cabezas de los lobos y hacia fuera directo de la cueva.

— Perfecto — dijo Juan Mateo — ¿Seguro que nunca antes has volado?

— Nunca — dijo Debilucho — ¿Cómo lo estoy haciendo?

— Lo estás haciendo muy bien. Mueve tus alas un poco más ahora, pero batir a su derecha más dura que la izquierda.

A medida que Debilucho hizo lo que le fue relatado, Juan Mateo corría el riesgo de un rápido vistazo por encima de los hombros, y vio que sus amigos se habían tomado para el aire y lo seguían fuera de la cueva. Debajo de ellos, ocho lobos desconcertados se lanzaron y chocaron contra uno al otro. Juan Mateo sentía peña por ellos.

— Dirigirse hacia el jardín de árboles de Primera Semilla — él gritó a sus amigos, y apuntó hacia arriba.

Juan Mateo estaba contento de estar cabalgando un murciélago de nuevo. Mientras que extrañaba a su viejo murciélago Bulmer, con quiénes había compartido un buen número de aventuras, esté nuevo murciélago Debilucho, parecía ser un aviador de nacimiento.

Esté era su primer vuelo, y sin embargo ella lo llevaba sin esfuerzo a la parte superior de la más antigua y más alta árbol Yumi en el planeta. Sabía que cada árbol tiene su jardín de Yumi alto en el cielo, para él y sus compañeros jinetes murciélagos habían visitado muchos jardines como tales, mientras recolectaban los frutos, pero tenía que preguntarse: ¿Podría el jardín de Primer Semilla ser diferente de los de sus descendentes?

¡Era! Juan Mateo se abrazó. El jardín de Primer Semilla fue espectacular. Era un jardín de jardines. Blanco y purpura azafranes brotaron de arcillas oscuras. Narcisos asintieron con las cabezas de oro. Juan Mateo respiró profundamente Olía Trompetas de Ángel y el Aliento del Cielo.

Él y Debilucho Murciélago Malo se elevaron en un enrejado de rosas y volaron a bajo altura sobre un lecho de fresas silvestres.

— Mis alas están cansados — dijo Debilucho, con ansiedad — ¿Cómo aterrizó?

— Vuela hacia abajo y agarrar una rama firmemente con ambos pies — dijo Juan Mateo.

— ¿Volar al revés? — dijo Debilucho Murciélago.

— Es la mejor manera — dijo Juan Mateo — Confía en mí. Aquí hay un árbol que va hacer muy bien. De la vuelta cuando digo. Uno, dos, tres, y ¡VUELTA!

Debilucho se volcó. Ella agarró una vid robusta con los pies y se colgó, balanceándose cómo un péndulo. Dobló sus alas sobre el pecho — Lo hice — se jactaba — Volé. Y ahora me hice mi primer aterrizaje.

— ¿Qué es esa extraña criatura acechando por el sendero del jardín, detrás de las brillantes plumas azules?

— Creo que debo ser un pavo real — dijo Juan Mateo — Nunca he visto uno antes.

Juan Mateo deslizó hacia abajo desde la parte posterior de Debilucho. Él se acercó de puntillas al pavo real. Se rascó la cabeza.

— ¡Hooow-rrr! — dijo el pavo real, a quien le gustaba tener la cabeza rascada — ¡Erch! ¡Erch! ¡Erch!

Los amigos de Juan Mateo hicieron sus propios aterrizajes de cabeza-sobre-talones.

— ¿Es realmente está el jardín de Primera Semilla? — dijo Emilia Carlota, mirando a su alrededor en la jardinería ornamental y a las estatuas.

— Sí, esta es mi jardín — contestó Primera Semilla, y debo darle las gracias por rascarse la cabeza de mi pavo real — Él hace disfrutar de la atención. Me temo que es una criatura vana.

Los jinetes murciélagos miraron hacia arriba y vieron la cara de Primera Semilla mirándolos. A pesar de que era el mayor de los árboles, su mejilla brillaba con vitalidad. Juan Mateo notó que su corteza era lisa de color verde oliva salpicado de crema, mientras sus ojos brillantes eran de un verde intenso y arrugado en las esquinas.

— ¿Cuáles son sus nombres? — ella preguntó.

Le dieron sus nombres.

— ¿Han disfrutado de su viaje a través de mis recuerdos?

— Disfrutamos de nuestro viaje muchísimo, gracias, pero todo se fue algo rápido — dijo Juan Mateo.

— Nos fuimos perseguidos por los lobos — explicó Emilia Carlota.

— Tuvimos que tomar al aire y saltar algunos de los recuerdos más recientes — dijo Joshua Ryan — ¿Puedes decirnos de dónde estos grandes murciélagos provienen, los murciélagos que acabamos de enseñar a volar?

— Todos los murciélagos, grandes y pequeños, nacieron aquí en esté mundo nuestro — dijo Primera Semilla — pero algunos de ellos fueron a vivir en un planeta distante que ellos llamaron Mormoops. Usted conoció a su líder.

— ¿Gran Murciélago Malo? — dijo Juan Mateo. — Sí, nos encontramos con Gran Murciélago Malo. Él vino aquí en su nave negra e hizo amenazas así que — Se detuvo, sin saber que él quería decir a Primera Semilla de Gran Murciélago Malo que había dejado en tanta prisa.

— Le dimos una grande pesadilla mala — dijo Annabella Sue, sonriendo de oreja a oreja.

— Se echó a llorar y dijo que quería a su mamá — dijo Joshua Ryan.

Juan Mateo se mordió sus labios. No podía mirar a Primera Semilla a los ojos. En su lugar miró al pavo real paseándose y mostrando su cola llamativa. Desde el mundo de abajo oyó el débil sonido de una campana ser golpeado en el Salón de los Cien Murciélagos, y el sonido le recordaba a Juan Mateo del murciélago Akihito Akemi quien había salvado la vida de Annabella Sue de la gran ola que azotó a la isla de Kanji. Akihito Akemi había sido valiente.

— Un jinete murciélago debe ser valiente, servicial y amable — el Señor Semillas había dicho años atrás.

¿Juan Mateo había sido un *valiente* jinete murciélago? Él frunció el ceño. En cierto modo, tal vez había sido valiente. Ciertamente había entrado en la oscura guarida del leopardo de Kanji.

¿Había sido Juan Mateo un jinete murciélago *servicial*? Él no estaba tan seguro.

¿Había sido Juan Mateo un jinete murciélago *amable*? Él había alentado a Hannah Brianna para aprender a montar en la parte posterior de Bulmer, y que había tratado de hacer Bulmer sentirse bien acerca de tener un nuevo jinete murciélago.

¿Pero había sido amable durante la crisis cuando el Gran Murciélago Malo había amenazado con cortar el bosque con las máquinas de comer árboles? No creía eso.

Levantó la barbilla y miró a Primera Semilla. Se encontró que no podía verla con claridad. Tal vez era la altitud que estaba haciendo agua en los ojos.

— Yo era cruel a Gran Murciélago Malo — él hizo decir a sí mismo — No debería haber mostrado a Gran Murciélago Malo el tigre bebé. Yo no lo habría asustado. No debería haberle recordado a su peor pesadilla. Yo no debería haberle hecho llorar.

— Ser amable con un enemigo es nunca fáci — dijo Primera Semilla — pero es la única manera para hacer la paz.

— ¿Cómo puedo borrar el mal que he hecho? — preguntó Juan Mateo.

— Usted puede correr detrás del barco negro — dijo Primera Semilla — Usted puede encontrar el Gran Murciélago Malo y decirle que lo sientes que lo molestaste. Usted puede ver si puedes convencerlo de que regrese. Nosotros los arboles Yumi crecemos más altos cada día, y cada día nuestros jardines se levantan más arriba en el cielo. Volando a cosechar el fruto en nuestras cada vez más altos jardines se está convirtiendo en trabajo más y más difícil para los pequeños murciélagos. Ellos están sin aliento estos días. Necesitamos más grandes murciélagos para ayudarlos.

La mandíbula de Juan Mateo cayó — ¿Quieres que traiga a Gran Murciélago Malo y sus seguidores de *regreso*?

— Usted admitió que estaba mal de tu parte de asustarlo lejos — dijo Primera Semilla — y usted me hiciste pedir que sugiera una manera de deshacer ese mal.

— De hecho lo hice — dijo Juan Mateo, rascándose un lugar con picazón en su espalda. Él tomó una decision — Muy bien — dijo — Voy hacer que me pides, Primera Semilla.

— ¿Crees que serás capaz de enseñar a Gran Murciélago Malo a volar? — preguntó el Señor Semillas, rodando su silla fuera al pabellón del jardín para unirse a ellos.

— Puedo tratar — dijo Juan Mateo.

— Cuanto más intentas, cuanto más alto se vuela, y cuanto más se come pastel — dijo Papá.

— ¡Papá! — exclamó Juan Mateo, mirando sobre su hombre — Eres tan tonto. ¿Qué estás haciendo aquí?

— El emperador de las polillas muy amablemente dio a tu madre y yo una elevación.

— Veo que te has encontrado un nuevo murciélago — dijo la madre de Juan Mateo, y le dio un abrazo a Juan Mateo — ¿No vas a presentarnos?

— Claro — dijo Juan Mateo, retorciéndose del abrazo de su madre. Los padres eran tan embarazosos — Mamá, Papá, quiero que conozcas a Debilucho. Ella es muy fuerte y mucho más grande que Bulmer. Debilucho, estos son mis padres.

— Encantado de conocerte, Debilucho — dijo el padre de Juan Mateo.

— Su hijo me enseñó cómo volar y cómo aterrizar — dijo Debilucho el Murciélago Malo. Ella bajó la voz y añadió — Es más amable que él sabe.

La madre de Juan Mateo acarició el pelo en la parte superior de la cabeza del Debilucho Murciélago Malo. — ¿Qué se hizo del palo saltador y de los brazos falsos, Debilucho? — ella preguntó.

— Los dejamos atrás cuando fuimos atacados por los lobos — dijo Debilucho.

La madre de Juan Mateo y su padre miraron entre sí — ¿Lobos? — dijo su madre débilmente — ¿Has dicho que fueron atacados por lobos?

¡Wow-ooo-raa-ah! ¡Wow-ooo-raa-ah!

La manada del lobo Loopy salieron de los arbustos

en la parte superior de la rampa. Se precipitaron hacia los padres de Juan Mateo.

Girando sobre sus talones, Juan Mateo extendió la mano sobre su cabeza y sacó ocho maduras frutas de Yumi de una rama. Arrojó el fruto a sus amigos y a los cuatro murciélagos — Rápido — dijo — Los lobos están hambrientos. ¡Darles a comer! Metió una fruta de Yumi en la boca del lobo más cercano, que pasó ser Bonkers.

Joshua Ryan metió una fruta de Yumi en la boca de Loopy.

Emilia Carlota metió una fruta de Yumi en la boca de Loó.

Annabella Sue y los cuatro murciélagos metieron la fruta de Yumi en las bocas de los otros miembros de la manada.

Los lobos se detuvieron en sus pistas.

Se miraron el uno al otro, sorprendido y maravillado.

El jugo de Yumi corrió por sus barbillas.

— Essstoo ess delisciosso — dijo Bonkers, mordiendo en la fruta.

— Parra chuparsse loss dedos — dijo Loopy, tragando.

— Delicioso en la panza — estuvo de acuerdo Loó.

La manada entera estaba tan complacida como podrían ser. Nunca habían probado algo tan bueno. La fruta de Yumi era mucho mejor que las magdalenas de botas de escarcha. Su larga búsqueda habían terminado. Se establecieron en cuclillas y mordieron en el maravilloso fruto que crecía en el jardín de jardines, alto en el cielo.

Juan Mateo cogió su teléfono del jinete murciélago — ¿Artibeus? — Prepare todas las cubiertas para la salida.

— ¿Te vas ya? — dijo la madre de Juan Mateo, consternada.

Juan Mateo frunció el ceño — Tengo que hacerlo, mamá, si vamos a coger a Gran Murciélago Malo. La culpa es mía, ya ves. Me asusté a Gran Murciélago Malo y le hizo llorar. Yo no debería haber hecho eso. Así que ahora tengo que tratar de encontrar a él y confortarlo.

¡Salpicadura!

Bulmer se dejó caer de vientre en el estanque de peces de colores de Primera Semilla.

Hannah Brianna saltó de la espalda de Bulmer. Ella apretó el agua del borde de su vestido amarillo.

Bulmer y yo hemos estado escuchando lo que decían. Queremos ir con usted, Juan Mateo — dijo sin aliento — Bulmer dice que necesitas a él para navegar. Diga que nos llevarás. ¿Por favor?

— ¿Le has pedido a su mamá y papá? — preguntó Juan Mateo, tratando de hacer el sonido de su voz profunda y tranquila como la de Primera Semilla.

— Nos permitiremos que se vaya — dijo el padre de Hannah Brianna, saliendo de un rosedal.

— Les deseamos tanto un viaje seguro — dijo la madre de Hannah Brianna, uniendo a su marido — ella y ese murciélago de ella que tiene tantos problemas con su aterrizajes. Por lo que a nosotros respecta, Hannah Brianna puede unirse a su expedición, si usted estará de acuerdo en contar con ella.

— Vamos entonces, Hannah Brianna — dijo Juan

Mateo — ¡Vamos!

— Antes de que te vayas, Juan Mateo — dijo el Señor Semilla — Tengo noticias para usted. Se le nombro Vice Mariscal Aérea de los jinetes murciélagos.

— ¿Yo? — dijo Juan Mateo — ¿Vice Mariscal Aérea? Pero hice a Gran Murciélago Malo triste. Yo no merezco la promoción.

— Me quedé impresionado por la rapidez de pensamiento y de su acción decisiva.

— Bien hecho. Vice Mariscal Aérea Juan Mateo — dijo el Señor Semilla — y lo mejor de las suertes. Su nave está esperando.

164

CAPÍTULO VI

La torta de cumpleaños de Bulmer

Bulmer sopla las velas en su torta de cumpleaños — Se ve maravillosa — dice, lamiéndose los labios — Glaseado de la montaña blanca. Mi favorito.

— ¿Te ayudo a cortar la torta? — pregunto.

— Si no te importa — dice Bulmer.

La torta está formada como el Monte de la Pluma y decorada con cerezas. Yo cortó la montaña con cuidado, asegurándose que cada murciélago recibe una cereza.

— No está mal — dice Rosado, comiendo su primera cereza.

— Será mejor que guardamos un pedazo para Juan Mateo — dice Bulmer.

— Buena idea — Y un pedazo para Debilucho también.

— Juan Mateo hizo el grito del Gran Murciélago Malo — dice Suki.

— Sin embargo él salvó a los árboles Yumi — dice Cristal.

— ¿Va a reunirse a Gran Murciélago Malo otra vez? — pide Bulmer.

— No me sorprende — digo.

— ¿Podemos tener otro cuento?

— No esta noche. ¡Escuchan! Oigo aleteos de Debilucho. Juan Mateo se acerca. Cierren los ojos, todo el mundo. Pretender que estás dormido.

— Vamos a sorprenderlo — dice Rosado.

ACERCA DEL AUTOR

Anthony Barton vive en una isla. A medida que él escribe sobre Juan Mateo y Bulmer, él ve pequeños murciélagos marrones moverse como dardos más allá de su ventana, disfrutando del aire cálido nocturno, y alimentándose de insectos. Los murciélagos bebes toman cuatro semanas para crecer tan grande como sus padres. Anthony Barton tiene una página web donde usted puede encontrar más cuentos sobre Juan Mateo. Su página web es anthonybarton.com

SERIE LIBRE DEL JINETE MURCIÉLAGO

Una serie de audio para los niños y niñas
por el mismo autor
Anthony Barton

El jinete murciélago y la cueva de Oomba

El jinete murciélago y la cueva de Oomba es una serie de ocho partes. La narración es por el autor Anthony Barton, con música, chillidos de murciélagos y la producción por Siri Arnet.
Todos los ocho episodios son libres y se pueden seres cuchado en Podiobooks.com